集英社オレンジ文庫

神招きの庭 9

ものを申して花は咲く

奥乃桜子

【目次】

第一章　その花、再び芽吹く　8
第二章　愛しき滅国の神を招く　82
第三章　再び会いて、再び別るる　153
終章　神招きの庭にあやめ咲く　204
［拾遺一］黒白と紫　224
［拾遺二］いつかのまどろみ　233
［拾遺三］笑みを贈る　241
補遺　260

【人物紹介】

綾芽《あやめ》

神命を退ける「物申《ものもうし》」の力を持つ少女で、二藍の妃。二藍を人に戻す方法を探している。

二藍《ふたあい》

兜坂国《とさかのくに》の王弟。神と人の性質を持ち、心術を使う「神ゆらぎ」で、先の陰謀から国を救った功により、春宮《はるのみや》に任じられる。

鮎名《あゆな》

一花《ひとはな》の妃宮《きさきみや》。大君の妃で、現在の斎庭《ゆにわ》の主。

大君《おおきみ》

兜坂国の今上《きんじょう》で、二藍の兄。
二藍の身を案じている。

十櫛《とくし》

小国・八杷島《やはじま》の王子。
客分として兜坂国の宮廷に
預けられている。

羅覇《らは》

八杷島の祭官。
以前は「由羅《ゆら》」と名乗り、
綾芽の同僚として斎庭に潜入していた。

イラスト／宵マチ

【用語集】

斎庭《ゆにわ》

兜坂国の後宮。神を招きもてなす祭祀の場である。大君の実質的な妃以外に、神招きの祭主となる妻妾たちも暮らしており、名目上の妻妾たちを「花将《かしょう》」と呼ぶ。

外庭《とつにわ》

官僚たちが政《まつりごと》を行う政治の場。斎庭と両翼の存在である。

兜坂国の神々

多くは五穀豊穣や災害などの自然現象を司る。基本的に人と意志疎通はできず、祭祀によってのみ働きかけることができる。その姿は人に似たものから、動物や昆虫などさまざまな形をとる。

玉盤神《ぎょくばんしん》

西の大国、玉央《ぎょくおう》をはじめとする国々を支配する神。厳格な「理《ことわり》」の神で、逆らえば即座に滅国を命じられる。

神ゆらぎ

王族の中にまれに生まれる、人と神の性質を併せ持つ者。心術などの特殊な力が使えるが、その神気により人と交わることはできず、神気が満ちすぎれば完全に神と化してしまう。

物申《ものもうし》の力

人が決して逆らえない神命に、唯一逆らうことのできる力。綾芽だけがこの能力を有している。

神金丹《しんこんたん》

神ゆらぎが神気を補うための劇薬。八杷島によって兜坂国に持ち込まれた。

的

玉盤神の一柱である号令神を国に呼び、滅国を招くとされる特別な神ゆらぎ。各国にひとりいて、はじめに神と化した的の祖国が滅ぶ。他国の的を破滅させようと暗躍している国がある。

神招きの庭《かみまねきのにわ》
ものを申して花は咲く
9

第一章　その花、再び芽吹く

──二藍《ふたあい》はすべて救う術《すべ》を見いだして、お前に託していったのだ。

そう慰《なぐさ》められようとも、綾芽《あやめ》は信じられなかった。

「すべてを救う術など、あるのですか」

涙が頬を伝い落ちる。深い嘆《なげ》きが衝《つ》きあげる。

嘘だ。まさか、そんなもの、あるわけがない。

心の底では飛びつきたかった。国が滅ぶと定まり、二藍が死んでしまったはずがない。なにもかもが悪い夢だったのだ。そう結論づけてしまえればよいのに。衝動が胸のうちで荒れくるっている。今このときも早鐘のように心の臓を撞《つ》き続けている。

だが、どう考えても受けいれられない。

「どのような術が、道が残っているというのですか。人としての二藍さまは消えてしまわれた。二藍さまが号令神《ごうれいしん》に決まったと、国を滅ぼすのだと、記神《きしん》ははっきりと告げてゆきないですか」

この目で確かに見たのだ。綾芽の身を蝕《むしば》んだ神気《しんき》を引き受けた二藍は、身体中から神光《しんこう》を発し、腕のうちから消え去った。代わりに降りたった玉盤神《ぎょくばんしん》が一柱《ひとはしら》、記神は、無情なさだめを兜坂国《とさかのくに》に告げた。

兜坂国は滅国《めっこく》すると定まった。

国を滅ぼすのは、神と化した二藍そのひとである、と。

玉盤神の理は絶対だ。けっして覆せない。ならば必ずや半年後、再び現れた二藍の姿をした神こそが、兜坂国に『滅国』を言い渡すのは動かしがたい現実だ。その瞬間斎庭《ゆにわ》は血に染まり、死が満ちる。国中の山は火を噴き川は荒れ、地が揺れ稲が枯れ、病《やまい》が蔓延《はびこ》る。

兜坂国は滅ぶ。

そして祖国を自《みずか》ら滅ぼした『二藍であったもの』は、玉盤神の一柱となる。永劫《えいごう》、人を縛りつける理としてあり続けねばならなくなる。

号令神は、苦しんだ神ゆらぎのなれはて。

祖国を滅ぼす、ただそれだけの神。

定まってしまった以上どうにもならない。二藍は失われた。すでにすべてが遅い。神と化してしまった瞬間に、神ゆらぎの心は消え去る。綾芽の慕《した》わしいひとは、なにより守りたかった男はもういない。その亡骸《なきがら》は、愛《いと》しき祖国を滅ぼすものと化した。

綾芽は、なにも救えなかった。

しかし――そうして綾芽がいくら涙を落とそうと、鮎名《あゆな》の声は欠片《かけら》も揺らがなかった。

「確かに理は覆せない。二藍は号令神として去り、半年後、滅国の神命を下すためだけに戻ってくる。それは理で、動かしがたいさだめだ」

「であれば――」

「だが我らの行く末は、まことの意味では定まっていない。号令神がその言葉を紡《つむ》ぐ刹那《せつな》までは」

綾芽は視線を惑《まど》わせた。鮎名の意図が窺《うかが》えない。

「確かに号令神が、実際『滅国』と宣告するのは半年後。ですがすでに告げられたも同然ではないですか。喩《たと》えるならば、地に向かって落ちゆく器《うつわ》のようなもの。もはや手立てはございません。落ちた器が割れる、それはこの世の理です。どうすることもできません」

器は一度手放せば、勝手に落ちてゆく。そして割れて粉々になる。手を滑り落ちてから慌《あわ》てて救おうとしたところで間に合わない。この国も同じ。半年の猶予《ゆうよ》があろうと、恐ろしい行く末を変える道などありはしない。

それでも鮎名は、「笑止《しょうし》」と動じなかった。

「落ちゆく器は救えぬと、万策尽きたと、お前はまことに考えているのか？　らしくもない。我らはその器を絶対に割りたくないのだ。ならば必死に手立てを考える。いかにする。どうしたら割らずにすむ。器がひとりでに浮くよう祈るか？　刻《とき》よ戻れと願うか？　そんな祈りに意味はない。我らがどれほど願おうと祈ろうと、手を離れてしまった器は浮かぬし、刻を戻す術もない。お前の言うとおり器を手放せば落ちる、落ちた器は割れる、それは人ごときには動かせぬ、この世の理だからだ。——だが」

と鮎名は深く息を吸う。

「かといって、手の施《ほどこ》しようがないわけではない」

「……なにが為せるというのです」

「たとえば落ちると見越して、器を持つ者のそばに誰かが立っていて、気を配っていたとしたらどうだ。その者ならばとっさに身をかがめ、腕を伸ばし、器が地に落ちるまえに受けとめられるかもしれない。あらかじめ地に厚く布を敷きつめておけばなお安心ではないか？　さすれば器が落ちようとも割れはしない」

やわらかな布のうえに落ちた器は割れがたい、それもまたこの世の理なのだ。

「つまり我らは理を覆せずとも退《しりぞ》けうる。我らの知恵は行く末を変える。そうだろう？　二藍は、お前の神気を引き受けた代償に神と成って去らねばならなかったし、この国も号令神を招くと決まってしまった。それは今さら変えられない。定まってしまったからだ。だが、我らは落ちゆく器をみすみす座視しているつもりはない。諦《あきら》める気もない。器は割れない。割らないからだ。兜坂国は滅国しない」

この国は滅びない。

鮎名は言い切った。

「そしてそのような策を見いだしたのは、他でもない二藍だ。あの男は、はじめからこの結末を見越していた。だからこそ、とっておきの奇策を放っていった。なにも二藍は、さだめに敗北して去ったわけではない。お前を神毒《しんどく》から救ったという小さな満足を得て、あとも顧《かえり》みずに死んだわけでもない。祖国をこのくだらぬ号令神を巡る策謀《さくぼう》から解き放つ策を、冷静に、きっちりと仕込んでいったんだ」

鮎名の瞳は微塵《みじん》も揺らがない。綾芽を取り巻く斎庭の賢き女たちもまた、疑っていない。道はまだ続いている。二藍は、兜坂国は屈したわけではない。誰もがそう、心の底から信じている目をしている。綾芽を見つめている。

その視線を受けとめるうちに、鮎名の言葉が、その示す意味が、じわりと綾芽の心のうちで解きほぐされていった。

——そうか。

二藍は神と成って去らねばならなかったし、この国も号令神を招くと決まってしまった。

それは今さら変えられない。

器は手から滑り落ちていった。

それでも。

(あなたはちゃんと、遺《のこ》していったんだ)

神と化して心が消えようとも、策は残る。

二藍の遺志《いし》は残る。

きっと、そういうことなのだ。

――ならば。

涙に濡れた目をひらく。震える唇を叱咤《しった》する。

「……二藍さまの策は、成りますか」

太刀《たち》を握りしめた腕をおろす。有常《ありつね》を殺し、己《おのれ》の胸を刺し貫《つらぬ》くための刃《やいば》を地に捨てる。

「我々は、成らせることができますか。あの方のお遺しになった思いに報《むく》いる、そのために、わたしにできることはありますか」

まだ死ねない。死ぬわけにはいかない。

「……無論ある」

顔を歪《ゆが》ませている綾芽の背を、鮎名はそっと支えた。

「すべては大君《おおきみ》がお伝えくださるから、ともに参ろう。まずはご報告せねばな」

木雪殿《もくせつでん》の御簾《みす》の奥で、大君は静かに座して待っていた。大君ばかりではない。左大臣《さだいじん》をはじめとした外庭《とつにわ》の上つ御方や、継嗣《けいし》の君《きみ》たる二《に》の宮《みや》。下手《しもて》には八杷島《やはじま》の祭官羅覇《さいかんらは》と、王子である十櫛《とくし》もかしこまっている。

みな、そのときが来たのだと知っている。

斎庭《ゆにわ》の人々を引き連れ参上した鮎名がいよいよ御前にかしこまると、大君はただ一言尋《たず》ねた。

「終わったか」

一拍おいて、はい、と鮎名は頭《こうべ》を垂れる。

「春宮《はるのみや》は、綾芽の身のうちの神毒を引き受け、玉盤の神と成って我らのもとを去りました。ご立派でした」

「……そうか」

しんと静まりかえった室《へや》を、冷たい風が抜けてゆく。

綾芽はただただ額《ぬか》ずいていた。首筋に、大君の視線を感じる。すべての人々の視線が、身体中に針のように突き刺さっている気がする。

それでいい。どうか非難してほしい、なじってほしい。そうでなければ息をしていられない。

(あなたの弟君を、みなの春宮を殺したのはわたしだ)

悪寒《おかん》のような苦しさが這《は》いあがってくる。

だが大君は、綾芽に声をかけはしなかった。鋭く息を吸い、厳然と鮎名に尋ねかけた。

「問題はそののちだ。二藍が去ったあとには玉盤神の誰ぞが降りて、我らに号令神を迎える次第を伝えたのであろう」

「はい」

「どの、神であった」

鮎名は顔をあげた。御簾の向こうの背《せ》の君《きみ》をしかと見つめ、ひと息に答えた。

「記神でございました」

記神。

その名を耳にするや、大君ばかりでなく、みなが息を吞む。なぜだと惑う綾芽をよそに、大君は張りつめた声で八杷島の祭官へ下問《かもん》した。

「羅覇よ。いかに見る」

羅覇は凛《りん》と背を正し、いっさいの逡巡《しゅんじゅん》もなく口をひらいた。

「相違ございません。殿下は、成し遂《と》げられました」

「……そうか」

大君は噛みしめるように言った。さきほどとはまったく異なる声音だった。

そして力強く、言祝《ことほ》ぐように声を張る。

「よくぞ成し遂げた、我が弟よ！」

一気に風が入れ替わった。堰《せき》を切ったかのように、ほうぼうから感嘆があがる。

まことに、まことに。

よくぞ成し遂げられた！

誰もが紅潮し、涙を浮かべ、口の端《は》を歪《ゆが》めている。目に光が灯《とも》っている。

それで綾芽もはっきりと悟った。人々は吉報《きっぽう》を得たのだ。二藍がその身を賭《と》して放った策が成るかもしれない。兜坂国は滅びないかもしれない。その確信を得た。

だからこそ、どんな顔をすればよいかわからなかった。

もちろん嬉しくはあるのだ。あのひとは立派だった。国を救う術を見いだし、道を切り拓《ひら》いていった。だがそういう思いとは別のところで、焔《ほむら》がのたうっている。喉《のど》を締めつけてくる。奇策がうまくいって滅国を避けられたとしても、『二藍が号令神として去った』

のは動かしがたい過去。終わったことは終わったこと。あのひとはもう帰ってこない――。

「綾芽よ」

はっと顔をあげると、鮎名と話しこんでいた大君の目が、いつしかこちらに注がれていた。

「浮かない顔をしているな」

「とんでもございません」と綾芽は床に額《ひたい》を押しつけた。両手を握りしめ、必死に声を振り絞る。「皆々さまがお喜びのわけは、わたくしも重々承知しております」

「ならばなぜそのようにうつむいている」

「それは」

「……まさかお前は、途方もない思い違いをしているのではないか？」

思い違い？

床を見つめていた綾芽は戸惑った。なにを誤解しているというのだろう。

「覚えておらぬか。弟は、『お前を待つ』と言い残したはずだ」

「……しかと覚えております。二藍さまは待っておられると仰《おつしや》いました。呼んでくれと」

忘れるわけもない。あのひとは苦しい息を振り絞り、わたしの背を抱き、額を合わせて告げたのだ。

――わたしはお前を待っている。

――だから、呼んでくれ。

「ですが」と唇を噛みしめ、ようよう口にする。「そのお言葉がなんになりましょう。神ゆらぎは神と化した刹那《せつな》、人として死にます。消えてしまいます。それがこの世の理ではないですか」

大君はなにを言わせたいのだ。

と、大君はかすかに笑いを漏《も》らしてこう言った。

「なるほど。つまりお前は、我が弟の約束が果たされるとは信じられず、諦めてしまったのか。愛しき妻になんとしてでも再会したいと願っているのは、夫のほうだけか。それではさすがに二藍が哀《あわ》れではないか」

綾芽は息をとめ、目をみはり、今度こそはっきりと顔をあげた。

「それは、どのような……」

「二藍はなにも、ありもせぬ慰めをお前に残したわけではない。あの弟は言葉どおりにお前を待っているのだ。今このときも」

大君は御簾を払った。言葉を失う綾芽の目を覗《のぞ》きこみ、畳みかける。

「お前は、二藍がどこで待っているのかを知っているはずだ」

「……二藍さまの神と化したお身体は、玉盤大島にある池の──」

「違う。理すら手の届かぬ、光のひとつも通さぬ、暗闇の帳《とばり》の向こうだ。そうであろう?」

なんの話だ──と惑って、はたと悟った。

理すら手の届かぬ、光のひとつも通さぬ、暗闇の帳の向こう。

そうだ。

二藍は言っていた。神光に覆《おお》われて消える直前に、声を振り絞って叫んでいた。

──夢現神《むげんしん》よ。

──夢現神よ。我がもとへ降りられよ──。

目を見開いた綾芽に、そう、と大君は、弟宮によく似た笑みを返した。

「二藍は死してなどおらぬ。『夢のうち』にて、お前を待っている」


夢のうち。

玉盤神の一柱である夢現神の作りだす、未来の悪夢。

夢現神を招いた者はそこで、己《おの》が身に降りかかる数多《あまた》の行く末のうち、もっとも恐ろしいものを目にすることとなる。かつて綾芽や鮎名が、廃墟となった斎庭を見たように。

そんな『夢のうち』で、二藍は今も生きているというのか。

綾芽の愛しい、大切なあのひとが。

「そう、我が弟は生きている。あれは自らの身が神と化し、人としての己が消え去る寸前に夢現神を招いたのだ。己の頭のうち、心がある場所に。そうであろう尚侍《ないしのかみ》」

と大君がこめかみを指差せば、「仰《おお》せのとおりでございます」と常子《つねこ》が、綾芽にやわらかな目を向けて説いた。

「二藍さまはご自身のお身体のうちに、ごくごく小さな『夢のうち』を作りあげられた。そしてそこへ、人としてのご自分を閉じこめられたのです」

「二藍さまご自身を、閉じこめた……」

「ええ、ご存じのとおり、『夢のうち』とは閉じられた場。光さえ入りこめない壁に阻《はば》まれて、中の者は外へ声すら届けることが叶《かな》いません」

「逆に言えばだ、綾芽よ」と大君が言葉を継ぐ。「『夢』の外の者が、中へなにかを届けようにも叶わぬ。害することなどもってのほかだ。刀を振ろうと矢を射ようと、壁の向こうには届かぬからな」

そして、と大君は声に力を込めた。

「それは玉盤神とて同様。いかに絶対の理であろうと、『夢のうち』にいる二藍にまでは手出しはできぬ。殺すことも、消すことも叶わぬ」

『夢のうち』には外から干渉《かんしょう》できない。

「ならば人としての二藍は、自ら死を選ばぬ限り、生きている限り、『夢のうち』に閉じこめられ続ける。祭主《さいしゅ》であり続ける。夢現神を招いた、神を招きうる人としての二藍そのものが、いっさいが神と化した身体の隅で生き続ける。傍目《はため》からは盤面のすべてが黒石と化したように見えようと、一目《いちもく》の白石は残っている。そしてその白を、黒に変えることは誰にもできぬ」

身体が神光に覆われても、号令神が定まったと告げられようとも、何者も手出しができない壁の内側にいる二藍は、そこにあり続ける。

「それもまた、侵《おか》せぬ絶対の理に相違ない。そう、二藍自身が見いだしたのだ」

「二藍さまが……」

綾芽は呆然と繰りかえした。

人としての自分を『夢のうち』に閉じこめてしまえば、身体のすべてが神と化そうとも、人としての『二藍』は、『夢のうち』で生き続けられる。

そう二藍がおのずから見いだし、実行したのか。いつ果てるともしれない暗闇のうちに、ひとり閉じこもると決めたのか。今もそこにいるというのか。

本当なのか。信じていいのか？

「とはいえこれは、いわば玉盤神の理に抗《あらが》うために、別の玉盤神の理を盾《たて》として用いているわけですから、奇策も奇策、うまくゆくかは実際さだかではございませんでした」

高子《たかこ》が落ち着いた声で付け加える。

「当然でございましょう。今まで誰ひとり、『夢のうち』に籠《こ》もって心を守った神ゆらぎなどいないのですから。ですがあの方はもはやこれしか策はなしと腹を決められ、そして成し遂げられた」

「……なぜ成し遂げられたとおわかりになるのです」

「春宮殿下が去られたのちに訪れたのが記神であるがゆえにございますよ、春宮妃殿下《はるのみやひでんか》」

答えたのは羅覇だった。思わず振り返った綾芽に、平伏したまま申し奉《たてまつ》る。

「実は本来、号令神の滅国の次第を取り仕切るのは記神ではございません。ひとつまえの号令神なのです」

「ひとつまえ……」

「つまり、最後に玉盤神に加わった神です」

玉盤神は、もとはみな人だった。『的《まと》』に選ばれ、号令神となり、祖国に『滅国』の神命を下し——国の滅びを見届けた瞬間に新たな名と理を得て、玉盤神の列に加わる。そんな人のなれはて。どこかの国が号令神によって滅んだとき、一柱増えるもの。

だから必ず『ひとつまえ』がある。二藍のまえに号令神に選ばれ、祖国を滅ぼした神がいる。

「二藍さまのまえに号令神と化したのは、玉盤大島の西方、高山に栄えた小国の王女です。齢《よわい》十五で神と化し、祖国を滅ぼし、新たな名と理を得て玉盤神となりました。それがすなわち、夢現神」

最悪の未来の幻を作りだす、作り物のような顔をした美しき娘。

その夢現神が、本来ならば二藍が消えたあと、兜坂へさだめを告げに現れるはずだった。

「ですが実際には夢現神でなく、記神が訪《おとな》った。なぜかと申しあげれば――」

「夢現神が来られなかったから、か？」

話が見えてきて、綾芽は知らず身を乗りだした。

「そうなんだろう？　夢現神は、別の役目をすでに負っていた。二藍さまに招かれて、二藍さまの頭の中に『夢のうち』を作り守っていた。だから号令神を迎える準備を調《ととの》えるよう告げるためには駆けつけられなかったんだ」

「仰せのとおり。夢現神が現れない、それは人としての殿下が、今も祭主として夢現神を己《おの》が身のうちに招きいれ続けられているなによりの証左《しょうさ》」

綾芽の胸のうちは激しく揺れた。であれば確かに二藍は、人としてのあのひとは、まだ消えてはいないのかもしれない。

「それに妃殿下、もしやあなたさまは、春宮殿下の作りだした『夢のうち』を囲む黒き壁を、ご覧になっていらっしゃるのではありませんか？」

「黒き壁？」

「『夢のうち』は壁で包まれているものです。光すら通さぬ漆黒《しっこく》の壁。それを——」

綾芽ははっと腰を浮かせた。

「……見た。確かに見た！　神光に覆われる直前、二藍さまの瞳は白目の隅々まで黒くなっていった！」

神と化す直前に、二藍の瞳の上を闇が覆っていったではないか。まるで肌の内側を、黒き壁が巡ってゆくかのごとく。

さようでございましたか、と羅覇はかすかに笑みを浮かべる。

「ならばますます安堵《あんど》いたしました。妃殿下のご覧になったものこそ、『夢のうち』と我らを分かつ壁。春宮殿下が御自《おんみずか》らのお心をお守りになった証《あかし》。今も生きておられる証」

「今も、生きている……」

口の端が震える。もう抑えられない。焔がゆらめき燃えあがる。めらめらと心の芯を駆けあがってゆく。

「本当に、二藍さまは生きておられるんだな。神ではなく、わたしたちのお慕《した》い申しあげる、あの方が」

わたしの、あのひとが。

「八杷島の王太子鹿青《かせい》が一の祭官の名を懸《か》けて誓います」

「そうか……」

綾芽は唇を噛みしめた。

玉盤大島の冷たい池の底に横たわった、神と化した身体の中。

なにも見えず、聞こえない。

それでも二藍は、確かにいる。

（生きている）

たったひとりで耐えている。綾芽を待ってくれている。

信じていてくれる。

こんな不甲斐ない綾芽に苦笑しているのだろうか。それとも、わたしの妻が挫《くじ》けるわけもないと、安き心でいてくれるか。

瞳が潤《うる》んで涙が落ちそうになる。まだだ、まだ泣くときではない。

「……奇策には、続きがあるのでしょう？」

大君に、鮎名に、みなみなに顔を向ける。

「二藍さまが『夢のうち』に籠もられご自身のお心を保たれたのは、御身《おんみ》を真なる滅国の神と成らせないがため、ひいてはこの兜坂国を生かすため。二藍さまは国を救うためにこそ、『夢のうち』に籠もられた。そうなのでしょう」

「然《しか》り」

「であれば、その願いが果たされるよう、動かねばならぬのはわたくしども」

いかに二藍の人としての心が『夢のうち』に留《とど》まっていようと、記神は確かに言い渡した。二藍は号令神となるのだと。半年後、国を滅ぼしに戻ってくると。

盤面はひとつの石を除いて黒に染まっている。すべて黒と言い切ってでも、玉盤神はことを進めてゆく。なにもしなければさだめは覆せず、『夢のうち』に閉じこめられた二藍自身は、これ以上の手を自ら打つことはできない。

だからこそ綾芽が、残った者が引き継ぐのだ。

「そのとおり」と大君は目を細める。「二藍は、己が責務を立派に遂げた。であれば次は我らが為さねばならぬ」

「教えてください。どうすれば滅国を退けられますか」

「ここにいる我ら、いや国中のみなみなが、試練を乗り越えねばならぬ」

「試練……」

「だがそもそもとして、お前にこそ為してもらわねばならぬ務めがある。それが成らねばなにも始まらぬ。二藍の策も潰《つい》え、我らが国も消え果てるだろう」

「わたくしに、ですか」

そうだ、と鮎名も続く。

「号令神は半年後にこの国を訪い、滅国の神命を下そうとする。下されてしまえばもはや抗えはしない。二藍の策もなんら意味をなさなくなる。ゆえにまず我らは、絶対に号令神に『滅国』と言わせてはならない」

拒《こば》まねばならない。

「それはつまり、人の身にはけっして拒めぬ神命を、撥《は》ねつけねばならないということだ。我らは否《いな》と申さねばならない。二藍の策とはそもそも、そうして滅国の神命を拒めるという前提で成り立つものなのだ」

鮎名は口を引き結び、綾芽を見つめた。わかるだろう、と瞳が告げている。

かっと身体のうちが熱くなる。

ああ、そういうことか。

「……わたしが、神命を拒む。拒むことができる。そうでなければ、なにもかもが始まらないのですね」

二藍の姿をした、国を滅ぼす一言を告げようとしている神に、綾芽が刃向かうのだ。否を突きつける。

失われた、物申《ものもうし》としての力をもって。

できるか、とは鮎名は訊《き》かなかった。ただ綾芽の答えを待っている。

「……わたし、は」

綾芽は衣《ころも》を握りしめた。できるのか。心を惑わさず、揺らがさず、二藍の姿をした神に否を突きつける。そんな大業が今の綾芽に成せるのか。神に物を申す力は失ってしまった。失うきっかけとなった神毒は二藍がその身に引き受けてくれたが、だからといってこの身に力が戻った兆《きざ》しはない。

「わたしは……」

号令神に否と言いたい。理にひれ伏すのは嫌だ。心の底から、物申でありたいと望んでいる。

なのに喉がつまる。視界がぐらぐらと揺れる。あの力は涸《か》れてしまった。戻るのか。綾芽は再び、自らの弱さもずるさも、すべてを受けいれられるのだろうか。

「無論、半年後には『為せる』と胸を張って申してもらわねばならぬ。だが今すぐに言えずとも構わぬ」

　唇を噛みしめている綾芽に、大君が凪《な》いだ声をかける。

「しかしこれだけは胸に留《とど》めよ。弟は本気だった。本気でお前が成し遂げられると信じていた。あれは、疑いもなくこう申していたのだよ。我が妃《きさき》ならば必ず取りもどせると、取りもどせずとも、再び芽吹くと」

　――取りもどせずとも、再び芽吹く。

「そしてわたしも、弟とまったく同じように思っている」

　大君がやわらかく告げれば、鮎名も続く。

「わたくしも思いは同じです」

　見守っていた左大臣までもが「まったく仰せのとおりでございます」と頬を緩《ゆる》めた。

「綾《あや》の君《きみ》のお心をもっともよくご存じなのは春宮でございましょう。ゆえにわたくしも、綾の君のお心に、再び物申の力は芽吹かれると信じております」

　そして人々は口々に言った。

「心配はいらぬのですよ」

「あなたはあなたであればよい」

「どちらにせよ我らはすでに滅んだようなものなのです。あなたさまができぬのならば致《いた》し方《かた》なし。誰も恨みはいたしません」

「我らには、神に物申す力はない。だがお支えすることならばできますよ」

「ご安心召されて、お任せくだされよ」

「ひとりで立ち向かうわけではない。我らの心はみな、あなたとともにある」

綾芽を支える言葉を口にする。木雪殿の人々が見つめている。やわらかな希望を瞳の奥に灯している。

その明かりに背を押され、とうとう綾芽は掠《かす》れ声で、しかし決意を込めて口にした。

「……やってみます。再び物申の力を、芽吹かせてみせます」

芽吹くかどうかはわからない。願い、祈ったからといって、叶うわけではないとは知っている。

だが待てる。

待ってみせる。自分の心に強《し》いず、焦《あせ》らず、望み続ける。

(そういう道をあなたが切り拓いてくれたから、わたしは駆けていける)

「よくぞ申してくれた。ならば二藍とともに、お前とともに、我らも待とう」

と大君は微笑んだ。しばし綾芽を眺めて、ささやくように言葉を継いだ。

「楽しみにしているがよい。めでたく号令神に物を申せたならば、お前と我が弟は必ず、再び相まみえるだろう」

「……はい」

胸の奥底に言葉が落ちて広がり、染《し》みわたっていく。

二藍と、再び会える。

あのひとに会える。

胸が震える。やさしい笑みが脳裏によぎる。失ってしまったのだと、恐ろしい実感が這いあがってくる。

二藍はいない。いなくなってしまった。それでもわたしは諦められない。また会いたい。もう一度笑みを交わしたい。触れたい。闇の中、待っていてくれるあのひとに、今度こそ報いたい。

報いて、ともにこの国を救いたい。

そして抱きしめたい。手と手を取り合い、生きていきたい。


それから人々は、滅国を回避するための方策を真剣に論じはじめた。

実際のところ二藍の企《くわだ》てた策とは、綾芽が号令神に否を突きつけられればそれで終わりというものではない。むしろ綾芽が否と言い切ったときこそが、真の始まりなのだ。

たしません」

「玉盤神なるものは、一度『滅国』の宣告に失敗したからといって容易に引きさがりはいたしません」

と羅覇は言う。「あくまで滅国の遂行《すいこう》を目指します。幾度でも神命を下そうとするでしょう」

「何度綾芽が拒絶しようと、諦めずに滅国と口にしようとする。綾芽の心が折れるまで押し問答となり、やがて綾芽のほうが屈してしまうかもしれぬと」

「仰せのとおりです、陛下。もっとも、そのような押し問答に陥《おちい》るまえに片をつける方策こそが二藍殿下のお考えの肝《きも》でございますのは、すでにご存じかと」

「然り」

「それでも今一度お尋ねしとうございます。二藍殿下が号令神を退けるべく講じられた策とは、この国の誰もが覚悟を決めなければならぬもの」

こと、と羅覇は斎庭《ゆにわ》の面々へ目を向けた。

「斎庭の方々は、死を覚悟して挑まねばなりません。なぜならこの策を用いれば、多くの荒れ神が同時に斎庭を訪れます。地震《なゐ》、疫《えき》、大風《おおかぜ》に山の火。容易《たやす》く死をもたらす神々も多数含まれるでしょう。そのような神々を、命を賭してもてなし鎮《しず》めねばならないのです」

斎庭のすべての花将《かしょう》、すべての女官が、決死の覚悟で臨《のぞ》まなければならない。神をもてなさねばならない。その覚悟があるのかと羅覇は問うている。

鮎名はこたえた様子も見せず、不敵に笑った。

「今さらだ。我らはいつでも命をかけて神と対峙《たいじ》している。そうではないか」

と並んだ斎庭の高官たちへ同意を求めれば、

「まこと妃宮の仰るとおり。春宮は、綾の君ばかりでなくわたくしども斎庭をもお信じになられていたからこそ、このような途方もない策に打ってでられたわけでしょう」

高子が涼しい顔で応《こた》え、常子もこともなしと続く。

「覚悟があるのは我々高官のみではございません。斎庭でお役目を賜《たまわ》っている百の花将、千の女官みなが、命を懸けて働くはずです。そうでしょう、佐智《さち》」

「もちろんです。どんな怠惰《たいだ》な女丁《はしため》ですら、滅国して死ぬよりはきりきりと働く道を選ぶのでは？」

佐智が冗談めかして口にすれば、「ご心配なく」と千古《ちこ》が自信に満ちた顔で付け加える。

「みなさまに危険が及ばぬよう矢面《やおもて》に立つのは我ら舎人《とねり》に衛士《えじ》の者。我らこそ覚悟は決まっております」

誰もがぶれもしない様子に、外庭《とつにわ》の貴族たちはさすが斎庭の女よと賞賛の声をあげる。

そればかりではない。

「我らも助力できましょう」

と右中将《うちゆうじよう》が前のめりに口を挟んだ。

「我ら衛府《えふ》の者どもも、神と対峙はできずとも、人を守るのは本分でございますゆえ。大君、どうか我らを斎庭にお遣《つか》わしくださいませ」

「わたしは許すが」と大君はすこし笑った。「お前も許すのか？　尚侍《ないしのかみ》」

問われた常子は、自分に話が向けられると思わなかったのか、少々の困惑《こんわく》を表す。それでもすぐに迷わず答えた。

「喜んで。みなさまがいてくだされば、どれだけ心強いでしょう」

そうして夫である右中将と視線を交わす。ふたりの頬に、微笑みがのぼる。

と、左大臣が咳払《せきばら》いした。

「大君。助けになりたいと願うのはなにも衛府ばかりではございませんよ。駆けつけられる官人《かんじん》は星の数ほどおります」

「然り」と大君は笑いを漏《も》らした。「よって鮎名よ、外庭の官人を幾人でも使うがよい。求めどおりに遣わそう」

「では存分に」

と鮎名は笑んで大君に、そして外庭の面々に礼を言う。

それから羅覇に目を向けた。

「そのようなわけだ。みな覚悟は決めている。半年かけて完璧に準備してみせよう」

無論、と口の端をつりあげる。「十櫛王子、八杷島の皆々さまも、我らに助力してくださるのでしょう？」

「仰せのままに」

と十櫛は頭をさげた。「我らは祖国をお救いいただいた身。こたびは兜坂国のため、身を粉にして働きましょう」

鮎名は首肯《しゅこう》し、再び大君へ顔を向ける。

ふたりは目を交わした。言葉もなく、しかし互いの心のうちを知っているかのようにうなずき合うと、鮎名は立ちあがった。

「いかな荒れ神にも我らの邪魔はさせぬ。させぬように備え、満を持して号令神を迎え撃ってやろうぞ」

その鼓舞《こぶ》に、「必ずや」とみなが口々に応える。

――必ずや。

綾芽も、確かな心を込めてつぶやいた。

鮎名はその日のうちに、斎庭《ゆにわ》のすべての女官を桃危宮《とうきぐう》に集め、直々《じきじき》に申し渡した。

半年後、斎庭に数多の荒れ神が訪《おとな》う。だがこれまでに培《つちか》った知識を生かし、みなの知恵を集めて周到に備えれば、恐るるに値《あたい》しない。

受けて立つ用意を調えよ。

こうして斎庭は、来《きた》る日に向け準備をはじめた。

羅覇が言うに、その日、数千もの荒れ神が一気に押しよせるのだという。斎庭はそれらの神々を、ひとつひとつ鎮めてゆくのだ。今まで綾芽や鮎名たちが相手にしてきたような恐ろしい神々の鎮めを、斎庭中で幾柱も同時に行うこととなる。今まで以上に周到で、事細かな次第を整えねばならない。

それでまずは、どの神がどのような手で鎮められるのか、常子率いる女官たちが過去の記録を繙《ひもと》いて探っていった。神饌《しんせん》を口にして鎮まる神もいれば、管弦や舞を求める神もいる。綾芽が何度も為してきたように、花を捧《ささ》げたり、戦ったりと特別な鎮めが必要な神も数多ある。一柱ずつ、余すことなく調べあげた。

それをもとに今度は、さきの妃宮《きさきみや》である太妃《たいひ》をはじめとした、天梅院《てんばいいん》に暮らす朧《ろう》たけた女たちが知恵を働かせた。神招きの才ある花将それぞれに、もっとも招きに適した神を割り振ってゆく。位《くらい》は低いが力のある嬪《ひん》には、その実力にふさわしい神を。舞や管弦の名手、能書家など特別な才ある花将には、それらを用いた鎮めが必要な神を。

そうして真に危険ないくつかの神以外の割り振りはほどなく定まった。祭礼と花将の人となりを知り抜いた天梅院の手腕は鮮やかで、誰もが納得するものだった。

役目が決まれば、粛々《しゅくしゅく》と備えるだけだ。花将に仕《つか》える女官たちは、連日招方殿《しょうほうでん》に貼りだされる官符《かんぷ》を確認しては、神を鎮めるために必要な物品を手配しようと斎庭中を駆けずりまわる。縫　司《ぬいのつかさ》や車　司《くるまのつかさ》で働く女官も、その求めに応えようと必死に手を動かす。

鮎名は、滅国の危機を前にしているのだとは明言しなかった。しかしほとんどの女官は、この神招きの成否が国の運命を決めるのだと気がついていた。

だからこそ、誰もが懸命だった。

そして懸命なのは斎庭ばかりではなかった。左大臣は鮎名と協議を繰りかえし、外庭の官人を適所に派遣した。いつしか斎庭には、掌鶏《しょうけい》を入れた孤《こ》を帯にぶらさげた官人が、そこかしこで女官と真剣に話し合う姿が見られるようになった。

冬が過ぎ、春が来る。人々は慌《あわ》ただしく働き続ける。

梅が咲き、桜がほころび、散ってゆく。新芽が顔を出し、一斉に眩《まぶ》しい青の色に輝く。

すべてが芽吹いていく。花開いてゆく。

綾芽の中の物中の力だけが、いまだ眠っている。

「焦らずともよいよ」

主《あるじ》なき尾長宮《びちょうぐう》の簀子縁《すのこえん》から、鮎名は穏やかな表情で揺れる梢《こずえ》を見あげた。

「まだ刻はあるのだから、焦る必要はすこしもない。草の芽だってそうだろう。土から顔を出すまでは、確かに芽吹いているかは誰にもわからない。だが土の中では着々と上に伸びているものだ」

「……はい」

鮎名はやさしい。だからこそいたたまれず綾芽はうつむいた。

この数カ月、綾芽も働き続けた。尾長宮の女主人たる『綾の君』としてみなを鼓舞して、率先して文書院《もんじょいん》の記録を繙き、道を示す。かと思えば身軽な女嬬《にょじゅ》の格好で、神鎮めに必要な品々を探して走り回る。自分の為すべきこと、心から為したいことに躊躇《ちゅうちょ》なく身を投じた。そうして求めるものが芽吹くのを待っていた。

だが兆しはいまだ訪れない。すぐそこまで迫っている気がするのに、綾芽は今日も空っぽだ。

（わたしはまだ、この品にも触れられないしな）

手にした濃紫《こきむらさき》の絹の包みに目を落とす。

中にくるまれているのは、二藍が贈ってくれた笄子《かんざし》だ。ふたりの絆《きずな》の証。綾芽が二藍のものであり、二藍が綾芽のものである証。

今の綾芽は、その大切な笄子にさえ、じかに触れることができない。

あの日二藍は、『お前はすべてお前のものだ』と心術をかけて、有常《ありつね》の呪縛を払ってくれた。そしてその瞬間から、綾芽は笄子に触れられなくなった。互いが互いのものである証の笄子に触れようとすれば、焼けつくような痛みが肌に走る。『綾芽はすべて綾芽のもの』という二藍がかけた心術に、いまだに心が縛られていて振りはらえない。

――この身はまだ、あのやさしい心術さえ解くことができない。

濃紫の絹ごと、笄子を握りしめる。

待つしかないのだ。焦りや怯《おび》えから目を逸《そ》らさず受けいれる勇気こそ、物を申すために必要なもの。なにもかもを呑みこんだ一瞬にしか、あの力は戻ってはこない。

そうわかっていても落ち着かない。待っているみなは、なおさら気が気ではないだろう。今だって鮎名は綾芽を急《せ》かさない。急かしたところでどうにかなるものではないと、頭ではわかっているからだ。しかし本心では不安で仕方ないはずだ。どれだけ斎庭や外庭が備えようと、まず綾芽が物申の力で滅国の神命を撥ねつけられねば始まらない。二藍の姿をした号令神を拒めねば、兜坂国は足掻《あが》くことすらできずに終わる。

しかし鮎名は、綾芽の心を読んだように言った。

「もっと不安そうな顔をしてほしいのか？　わたしはまったく不安ではないよ。お前は物申の力を再び手にすると確信しているから、すこしも不安じゃない。なにもお前のために言っているわけではなく、これは本心だ」

「……なぜですか」

「そういうものだと知っているからだよ」

鮎名は口の端を持ちあげると、錦《にしき》の袖《そで》を掲《かか》げて、衣の色目が青空に映《は》える様子に目を細めた。

「すこしわたし自身の話をしようか。知ってのとおり、大君は最愛のおひとであった雛《ひいな》の妃さまが儚《はかな》くなられたのち、お心を傾ける相手ではなく、妃宮として適した娘をお探しになった。そしてわたしはありがたくも、楽人《がくじん》として入庭《にゅうてい》したにもかかわらず、このような重き位に据えていただいた」

綾芽は黙って耳を傾けた。鮎名の話はすこし間違っている。確かに大君は寵愛《ちょうあい》していた妃が亡くなったあと、心支える妻ではなく、斎庭を預ける妃宮として適した女人《にょにん》をそばに置こうとしたというし、そうして選んだ鮎名を自らの片腕として信頼しているのも事実だ。だが大君が鮎名に向ける心は信頼ばかりではない。もっと深く、熱い。

だがここで口には出さなかった。きっと鮎名自身が誰より知っているはずなのだ。

「ただ正直に言えば」と鮎名は続けた。「当時のわたしは、妃宮に選んでいただいても嬉しくもなんともなかった。大君をお慕い申しあげていたけれど、それはそれ。楽人にすぎないわたしに、斎庭の主など務まらない。逃げたくて仕方なかった」

その一言は、綾芽にはたいそう意外なものに思えた。逃げたかっただなんて。

「そのような妃宮のお姿など、想像もできません」

鮎名は昔から、今ここにいるそのままの堂々とした鮎名だったと思っていた。

「まさか」と冗談のように鮎名は肩を揺らす。「今のお前が見たら、呆《あき》れ果てるようなありさまだったよ。太妃や高子殿には毎日のようにお叱《しか》りを受けたし、幼き二藍など、とても上官として認められぬとわたしを蛇蝎《だかつ》のごとく嫌っていたぞ」

あれは辛辣《しんらつ》な童子だったからな、と笑いを漏らしてから、でも、と鮎名は再び天を仰ぐ。

鳶《とび》が二羽、大きな翼を広げて空を滑ってゆく。気の向くままに風に吹かれているようで、二羽は寄り添い円を描く。連れだち飛んで、遠ざかってゆく。

「大君は、いつもこう仰ってくださった。――お前の心には、妃宮たる証が確かに備わっている。ゆえになにがあろうと堂々としておればよい。誰が待てずとも、わたしは待てる。お前を信じているがゆえ、安き心で待てるのだ、となし」

綾芽は、王の深い見識に感動した。

「妃宮はそのお言葉に励まされたのですね」

そうして今のような立派なひとになったのだ。

だが鮎名はおかしそうにした。

「いや、逆だよ。ありがたくも重荷でな」

「え……なぜです」

「大君は、無理を押して妃宮に据えたわたしにつまずかれては困るから、心にもない励ましのお言葉をくださるのでは、と感じられて仕方なかった。たいそうな位や綺羅《きら》の衣で飾り立てているだけのわたしに、なにを期待して待つというのか。待ったところで痩《や》せた土から稲は育たないのに、とな」

「そんな、ご謙遜《けんそん》が過ぎます。大君はさすがのご慧眼《けいがん》でした」

思わぬ物言いに、綾芽はついむきになった。鮎名らしくもないではないか。心にもない励ましであったはずがない。それは大君の本心だ。

鮎名を探しあてたときの大君の喜びは、綾芽にもよくわかる。確かに重責は人を育て、形作る。それがなければ今の鮎名はなかっただろう。それでいて、なにもなくとも鮎名は鮎名なのだ。妃宮であろうとなかろうと、強き意志と深き情を抱き続けている。

「大君は、妃宮が抱かれた希有《けう》なるお心を、はじめから見通しておられたのです。だからこそ、お待ちになれた。必ず芽吹くと、信じておられた」

どれほど飾ろうと、芯となるなにかを持ちあわせていないのならば意味がない。そして持っているのなら案ずることはない。いつかは芽吹く。育ててゆける。

と、鮎名はふいに相好《そうごう》を崩した。

「つまりはそういうことだよ、綾芽」

「え？」

「さて、そろそろ議定《ぎじょう》の頃合いだな。鶏冠宮《けいかんぐう》へ参上せねば」

瞬《まばた》いている綾芽をよそに、鮎名は何食わぬ顔で帰り支度をはじめた。

「わたしもお供いたします」

と慌てて腰をあげようとした綾芽を制して言う。

「いや、それより頼みがある。禁苑《きんえん》の石塔に赴《おもむ》いて、那緒《なお》に花を手向《たむ》けてくれないか？尚大神《なおのおおかみ》ではないよ。お前の友の、朱野《あけの》の那緒のほうだ」

はっとした綾芽に、鮎名は目配せする。

「今年は多忙で、あの娘の命日に祭礼が叶わぬからな。代わりに挨拶《あいさつ》してきてほしい。膳司《かしわでのつかさ》に干した金桃《かねもも》があるからそれを持て。天梅院にはまだ咲いている白梅があるから、太妃に一枝いただいて添えるといい」

返事も待たずに、よろしく頼む、と鮎名は手をあげ去っていった。

那緒は、兜坂国を守るために死んだ綾芽の親友だ。その御霊《みたま》は生前のすべてを忘れ、今は尚大神という白き狼の姿をした神として、再び綾芽の友になってくれている。

だが鮎名が挨拶してこいと言ったのはそちらの尚ではなく、死んでしまった女官であり、綾芽の親友である那緒のほうだ。

いまだ物を申せぬ綾芽への、心配りと激励なのだと綾芽は思った。最初に見いだしてくれた友の墓前で、思いを新たにしてこい、と。

そうすれば、求めるものが芽吹くかもしれないと。

すぐに女嬬の姿で尾長宮を出た。まずは膳司に赴いて、金桃をもらってこなければ。

尾長宮からほどなく、幾筋もの煙が立ちのぼる一角が見えてくる。膳司である。門を入り、一番大きな官衙《かんが》のうちをそろりと覗きこめば、たいへんな騒ぎとなっていた。

神を鎮める手っ取り早い方法は、素晴らしい神饌を捧げることだ。だから神饌の選定と調理を請け負《お》うこの官司《かんし》は、平時においても忙しい。

だが今は、平時などとは比べものにならないほどの繁忙《はんぼう》ぶりだった。人が切れることなく立ち入っては、折敷《おしき》に載《の》せた立派な御膳を捧げ持ち、次々と運びだしてゆく。と思えば籠《かご》いっぱいの色艶《いろつや》のよい魚やら青々とした野菜やらがひっきりなしに運びこまれ、大釜からもうもうと湯気が立ちのぼり、指示の声がそこかしこから飛び交い、膳司と厨司《くりやのつかさ》、外《と》庭《にわ》の大炊寮《おおいりよう》や大膳職《だいぜんしき》といった調理を本分とする官司で働く女官や官人が、驚くべき手さばきで調理をこなしている。

号令神が降りる日、幾千もの荒れ神もまた斎庭《ゆにわ》を訪れる。それぞれに、もっとも適した神饌を用意し提供せねばならない。その準備と前練習に余念がないのである。

綾芽は圧倒されて、壁際《かべぎわ》に張りつくように立ちつくした。声をかける隙《すき》など見当たらない。これでは那緒に捧げる金桃など、とても用意してもらえないのでは――と思ったとき、

「綾芽！　ようやく来たわね。待ってたのよ」

と小柄な女官が人をかきわけ走り寄ってきた。膳司で働く、友人の須佐《すさ》である。

須佐はさっと綾芽の腕をとると、熱気の籠《こ》もる厨《くりや》から連れだした。

「須佐、実は――」

「知ってる、金桃でしょ？　そっちの蔵にあるから行きましょ。あなたの墓参りのために用意しておくようにとのご命令だったから、いつとりにくるかなって待ってたのよ」

須佐は調理済みの食料を置いておく蔵にするりと入りこみ、小さな蓋物《ふたもの》を手に戻ってくる。その蓋を綾芽の前でにっこりとひらいてみせた。干した金桃が出てくるかと思いきや、

水気をたっぷりと含んだ黄金色の身が収まっている。金桃の酒漬けだ。

「わざわざ調理してくれたのか」

「そ。干した桃そのままじゃ、那緒さんも物足りないかなって思って」

酒漬けが那緒の好物だと知っているからこその心遣《こころづか》いと悟って、綾芽は目を潤ませた。

「……この忙しいときに、ありがとう」

「ほんとよ、感謝してよね」と須佐は笑顔で胸を張る。「はい味見。あんたも好きなんでしょ」

口に放りこまれて、綾芽は目をみはった。

「どう?」

「おいしい!」

「でしょう」

「すごいよ。故郷で食べたものよりおいしいかもしれない」

「そりゃわたしの腕をもってしたら、朝飯前よ」

とまたしても胸を張ってから、須佐は、美味に喜ぶ綾芽を眺めて目尻をさげた。

「でもよかった。あんた、すっかり元気になったみたいね」

綾芽は、なんと返せばいいかわからなくなった。

心から元気になったわけではないのだ。二藍がいない日々に慣れたわけでもない。今も苦しくて仕方なくて、毎夜のように、二藍が遺してくれた濃紫の袍《ほう》を抱いて泣いている。あなたがいなくてさみしいと、物言わぬ衣に訴えている。きっと今、二藍はもっとずっとさみしい思いをしているだろう。暗闇の中ひとり、どれだけ心細いだろう。なにもできない自分が歯がゆくて仕方がない。

だが須佐も、綾芽の葛藤《かっとう》はお見通しだった。

「言っとくけど、二藍さまがいなくても平気そうって言ってるんじゃないのよ。二藍さまがいないのはとても悲しい。それはあんただけじゃなく、わたしもよ」

須佐は金桃の酒漬けが入った蓋物を、小さな箱へとしまいこんだ。そして今度は近くに置いてあった別の唐櫃《からびつ》をあけて、中身を検《あらた》めだす。唐櫃の中には汁物の椀がいくつか収めてあるようだった。神饌という感じでもないから、どこかの館の昼餉《ひるげ》だろうか。

「わたしは、あんたが元通りになったって言いたかったの」

「元通り？」

「そう。あんた、二藍さまを殺しかけちゃってから、どこか変だったもの。せっかくわたしが腕によりをかけた料理もほとんど食べないし、自分を責めてばっかりで、全然あんたらしくなかった。いつものあんたなら、もしやらかしたとしても、その次の瞬間にはじゃあ今度はどうするかって考えるはずなのに」

でも、と須佐は肩に担《かつ》ぐための棒を唐櫃に通すと、明るい表情で顔をあげた。

「今のあんたはご飯をおいしく食べられる、いつものあんたよ」

「……そうかな」

「間違いないわ。食べ物って、すべてに先立つんだから」

てことで、と唐櫃に通した棒を指差した。

「一緒に担いでくれる？　今から届けものに行くから」

考えこんでいた綾芽は、え、と眉を寄せる。

「わたし、金桃をもらいに来たんだよ？」

「知ってる。だから金桃は、さきに四位門《しいもん》に届けとくから。そうすれば墓参りに禁苑へ出るとき、ちょうど受けとって持っていけるでしょ」

「……最初から手伝わせる気だったたな」

あら、と須佐はこれぞいい機会とばかりに言いかえした。

「このくらい手伝ってくれてもいいじゃない。あんた、わたしに借りがあるんだし」

「なんの話」

「二藍さまと恋仲だってずっと黙ってたじゃない」

「いや、それは……」

「なに、違うっていうの？　ただの立場上の妃だって言い訳するの？　まあわたしも、あんたと二藍さまが仲睦《なかむつ》まじくしているところなんてまだ見てないから、当然疑ってるけど。なにかこう、とっておきの惚気《のろけ》話でも聞くまで信じるつもりもないけど――」

「わかった、手伝うよ」

綾芽は慌てて唐櫃に手を伸ばした。「担げばいいんだな」

「そうこなくちゃね、ありがとう！　そう、ふたりで担ぐのよ。わたしが前、あなたがうしろ。担ぎ棒を肩に乗せたら、息を揃《そろ》えて立ちあがりましょ、そうっと――ちょっと、背を縮めてくれる？　あんたって大きいから、このままだと唐櫃が傾《かし》いじゃうじゃない」

「簡単に言うけど、背を縮めて歩くのって結構つらいんだよ」

「汁物が入っているの。我慢して」

綾芽は嘆息《たんそく》して、膝《ひざ》をすこし曲げた。「これでいい？」

須佐は満足げだ。綾芽のほうはなかなかしんどい体勢だが致し方ない。

「完璧よ」

「ところで、どこに届けるんだ？」

「匂いでわからない？」

言われて気がつく。そうか、これは。

「八杷島の、十櫛さまのところか」

強い日差しを思い起こさせるこの独特の香ばしい匂いは、間違いなく友誼《ゆうぎ》を結んだ島国、八杷島の料理特有のものだ。

そのとおり、と須佐は笑顔を見せた。


八杷島の王子である十櫛、そして祭官の羅覇は、今は尾長宮の一角に住んでいる。ふたりは八杷島から送られてきた書物を繙き、その知恵で二藍を助けたという。

そして今このときも斎庭《ゆにわ》に協力を惜しまない。斎庭の女官に快《こころよ》く書物を貸しだしたり、祭礼の次第について論議を交わしたりは茶飯事である。このような八杷島との関係は、一昔前なら考えられないことだった。

今日も十櫛のもとには来客があるようだ。蓋物を捧げ持つ須佐と女官を先導して、びっしりと書物のつまった厨子棚《ずしだな》の陰から中を窺うと、さまざまな役職の人々が一同に顔を合わせていた。斎庭と外庭《とつにわ》の官人たち、常子の夫である右中将、二の妃である高子の姿もある。そればかりか奥の御簾の向こうには、継嗣の君たる二の宮までもが臨席していた。

綾芽がひそかに驚いていると、十櫛の声が響いてきた。

「――まず焔《ほむら》の神は、なんとしてでも早急《さつきゆう》に鎮めるべきでしょう。でなければたちまち火が官衙に燃え移り、祭礼どころではなくなります。そしてこの焔の神鎮めにふさわしきは、間違いなく我ら八杷島。どうか我らにこの大任をお預けくださいませ」

どうやら荒れ神が溢《あふ》れたさい、どの神を八杷島が鎮めるか議論しているようだ。八杷島本国は羅覇のみならず、多くの祭官を派遣してくれる手はずになっている。

「畏《おそ》れながら」

と右中将が慇懃《いんぎん》に口を挟んだ。

「焔の神はたいへん恐ろしき神なのでありましょう？　犠牲なしでは鎮められぬと。そのような神まで八杷島にお任せするわけにはまいりませぬ。他にも強大な荒れ神はおわしますから、どうかそちらをお鎮めいただけませぬか。たとえば疫鬼《えきき》を撒《ま》き散らす疫神《えきじん》、斎庭直下におわす大地震《おおなゐ》の神――」

「いや、焔の神をこそ鎮めさせてほしいのだ。理由はおわかりであろう」

「危険にすぎます。火中の栗を拾うようなお役目を担《にな》っていただくわけにはまいりません。そうでございましょう、羅覇殿」

「お気遣いいただき感謝いたします。しかしご配慮はご無用に願います。そも我らは春宮殿下、そして春宮妃殿下に危地をお救いいただいた身。その恩をすこしばかりでも返さねばならぬ。それは我らが王太子御自《おんみずか》らのお言葉でございます」

「ですが――」

右中将は、困った様子で二の妃の高子に目をやった。

黙って耳を傾けていた高子は小さく息をつき、それから扇越《おうぎ》しに視線を滑らせて、あろうことか厨子棚の陰にいる綾芽に目をやる。

「綾の君、なにをこそこそとしているのです？」

綾芽は慌てて説明した。

「膳　司《かしわでのつかさ》の者が汁物をお届けに参りまして」

「汁物？」

「ああ、実はわたしが八杷島の味をみなさまにご賞味いただければと、膳司に頼んで用意させたのです」

十櫛が言えば、なるほど、と高子は扇をゆらめかせて、ふわりととじた。

「……では論議は一度措《お》きましょうか」

高子は、堂々巡りに陥った議論を一度保留することにしたらしかった。

休憩と決まるが早いか、須佐は嬉々《きき》として汁物の用意を始めた。慣れた様子で十櫛に椀をさしだす。

「十櫛さま、いつもご用命いただきありがとうございます」

「こちらこそ助かっている。お前の作る香汁は、いまや八杷島の味そのものだからな」

十櫛はいつものほっとする笑みで須佐に礼を言った。それから綾芽にも気がついて、海色の瞳を向ける。

「久方ぶりだな。元気にしているか」

「はい。おかげさまで」

二藍が去ってすぐに会ったとき、十櫛は平伏して、もうよいのですと幾度伝えても顔をあげてくれなかった。二藍が号令神として去ることになったのは我らのせいである、と。

しかし綾芽は思っていた。八杷島のせいではない。二藍の弟であった有常が、兜坂を陥れようとしていた隠来《いんらい》の画策《かくさく》に屈していた以上、遅かれ早かれ兜坂は追いつめられていた。それに二藍が望みを繋いだ今、過去をとやかく言っても仕方ない。十櫛も羅覇も、八杷島本国にいる祭王《さいおう》や鹿青も、八杷島の人々はみな、兜坂が滅国せぬよう尽力してくれているではないか。

だったらそれでいい。

むしろ十櫛には謝罪などよりも、二藍がなにを考え、なにを綾芽に望んで去ったのかを教えてほしかった。二藍の策を誰より理解しているのは、ともに練りあげた十櫛たちだ。

そんな綾芽の思いを知って、十櫛はようやく顔をあげてくれた。それからときおり、綾芽はこの異国の王子のもとを訪れている。そのたびに話を聞いて、二藍がどれだけ強く綾芽を救おうと決意して、どれだけ深く綾芽を信じて託してくれたのかを胸に刻んでいる。

「先日風邪をひかれて臥《ふ》せられたとのこと、心配しておりました。もうお身体の具合はよいのですか？」

「おかげさまで軽快したよ。その節は尾長宮からさまざまな見舞いの品をいただき、感謝している」

「それはよかった。ではまたお伺《うかが》いしてもよろしいですか？　二藍さまのお考えを、今一度じっくりと心に収めたいのです」

「よいよ、いつでも来てくれ。待っている」

と、綾芽と十櫛の穏やかな会話を黙って聞いていた右中将が、思わせぶりに咳払いして切りだした。

「前々からご進言いたそうと思っておりましたが、十櫛王子、二藍さまの妃さまとそのように気安くお言葉を交わされるのはいかがなものかと」

綾芽は急いで言った。

「わたしは別に構いません」

「綾の君がよろしくとも、二藍さまは気になされますでしょう。せめて『綾の君』とお呼びになられたらいかがでしょうか」

ふと綾芽は、かつて常子に同じようなお小言をいただいたのを思い出した。

「なにをお笑いになっておられます、綾の君」

「いえ、右中将さまは、よく似ておられるのだなと」

「どなたにでしょうか」

気がついていないらしい。なんと説明しようかと考えていると、十櫛がにこやかに割って入った。

「心配なさるな、右の中将。わたしが妃殿下と気安くお言葉を交わさせていただいているのは、二藍殿下より直々《じきじき》に、そのようにせよとお許しいただいたからなのだ」

「なんと、そうでありましたか」

恐縮する右中将の傍《かたわ》らで綾芽は目を瞬《しばた》いた。

「……二藍さまが？」

「そうだ」と十櫛は苦く笑って綾芽だけにささやく。「あの方はああ見えて、なかなか意地が悪い」

「意地？」

「そんな許しを与えられるのがご自分だけだと、よく理解しておられるということだ」

にわかに意味が摑めず尋ね返そうとしたとき、配膳の指揮をとっていた須佐が、あら、と慌てたような声をあげた。

「高子さま、そちらは宮さまのお口に合いますかは……」

見れば高子が、八杷島の汁物を二の宮へ渡そうとしている。

「構いません。わたくしが毒味したのち、宮にさしあげます。異国の味なるものをご賞味されたいそうですので」

「お待ちください」聞いて十櫛も慌てだす。「変わった風味があるのです。兜坂の味わいとはまったく異なるゆえ、継嗣殿下にはいささか早いかと――」

しかし高子はぴしゃりと遮《さえぎ》った。

「早いかどうかは宮ご自身がご判断されますので、お気遣いは不要でございますよ」

そうでございましょう、と高子が首を傾けると、御簾の向こうから「そのとおりです」と二の宮の甲高《かんだか》い声が届く。

「十櫛さま、二藍の叔父君《おじぎみ》はかつてわたしをこう諭《さと》されました。知らぬもの、わからぬものがあるのは当然、しかしはじめから怖がって近寄らず、それどころかこうであると決めつけてはならぬ、と。さすがは叔父君、深きお言葉。ですからわたしも挑戦いたしたい。

八杷島のみなさまがお好みになる味を、八杷島国を、もっとよく知りたい。我らはこの苦境を乗り越えたさき、長く友誼を深めてゆくはずなのですから」

二の宮はすらすらと、自分の言葉で語った。高子は鼻が高そうだ。

十櫛も、そういうことならばと頭をさげる。

「ご立派なお志《こころざし》です。兜坂国はまこと優れた継嗣の君を擁《よう》していらっしゃる。末永く栄えますこと、疑いようもございません」

「あの、ですが」と二の宮は頬を染めて言い足した。「もし、わたしが汁物を口にして顔をしかめてしまったとしても、お許しくださいませ。はじめてで馴染《なじ》みがないゆえ」

「構いませぬよ」と十櫛は微笑んだ。「実を申せばわたしなど、殿下の御年のころはこの味がたいそう苦手だったのですから」

そうなのですか、と頬を緩ませる二の宮の表情はまだ童《わらわ》のそれで、その場のみなが自然と目尻をさげた。

結局、二の宮はふたくちしか汁物を飲みこめなかった。だが毒味した高子は存外気に入ったのか、すべてを平らげて、自身にとってはたいそう美味であると、二の宮に美しい言葉で伝えた。二の宮は喜んで、危難が去った暁《あかつき》にはぜひ十櫛のもとを再訪し、八杷島の膳を囲みつつさまざまな話を聞かせてほしいと頼みこみ、十櫛は快諾《かいだく》した。

そして二の宮は、後見である高子が絶賛する異国の品を、女御《にょうご》内にいる母にもぜひ賞味させてあげたいとねだるので、須佐は「すぐ調理しなきゃ」と張りきって辞していく。

「大丈夫、あんたの金桃はちゃんと四位門に届けておくから」

そう言い残して走ってゆく須佐を見送って、綾芽もその場を辞さねばと立ちあがった。

「わたしも論議に加わりたいのはやまやまなのですが——」

「加わらずともよいですよ」と高子が扇をひらく。「あなたがおらねば決まらぬ儀はなにもございませんし、あなたがおらねば決まらぬのなら、わたくしどもはなにひとつ役目を果たせていないということになります。余計な気など回されず、天梅院へ参上されませ」

「……仰るとおりです」

「無論、論議に参じてくださるのはいつでも歓迎です。明日もみなおりますから、もしお手すきならば来られませ」

「そういたします」

つんとした表情を崩さない高子に、綾芽は微笑んで礼を言った。

辞去の挨拶をして階《きざはし》をおりると、十櫛が簀子縁まで出てきて見送ってくれた。羅覇の随《ずい》身《しん》である夕栄《ゆうえい》も一緒だ。

「天梅院にゆくのだろう？　夕栄を連れていってやってくれぬか」

「夕栄さんを？」

はい、と夕栄は八杷島式の礼をする。

「実は紡《つむぎのみ》水門《なと》の郡領《ぐんりょう》である喜多《きた》さまとわたしで、水運にて都に物資を集めているのです。その件につきまして喜多さまと協議のお約束をしておりましたところ、天梅院に伺うようにと言われまして」

喜多は本日用事があって、天梅院にいるさきの妃宮、太妃のもとを訪れているらしい。

「どうもわたしは天梅院のみなさまへ、八杷島の話をお聞かせすることになりそうです」

天梅院は引退した上つ御方の在所だ。そこに住まうかつての妃たちも、号令神が訪れて斎庭に神々が溢れた際には、再び神を相手取ることになる。八杷島の祭官の随身であり、海の神にも詳しい夕栄の話を耳に入れておきたいのだろう。

「それではともに参りましょう、夕栄さん。ではまた、十櫛さま」

別れを告げると十櫛はうなずいて、やわらかに問いかけた。

「綾芽」

「はい」

「芽吹いたか」

綾芽は胸に手を置いた。懐《ふところ》に潜《ひそ》ませた笄子《かんざし》の形が、衣越しに掌《てのひら》に伝わってくる。そのさらに奥で、心の臓がゆっくりと鼓動を繰りかえす。

「いいえ、まだ」

ですが、と目をあげる。

「次にお目にかかるときには、きっと」

十櫛の瞳が細まった。八杷島の眩しい海が、きらめいていた。


天梅院への道すがら、夕栄は黙りこんでいた。もともと寡黙《かもく》な男だが、この羅覇の忠実な随身が、主の苦しい心のうちを感じ取っているのは綾芽にもわかっていた。

羅覇は八杷島に赴くまえ、必ず綾芽を無事に返すと誓ったが果たせなかった。綾芽が神毒に侵《おか》され、二藍を殺しかけてしまったばかりか、兜坂が号令神を引き受ける遠因を作ってしまった。

それをひどく気に病《や》んでいるのか、十櫛や八杷島の大使とともに謝罪に訪れたきり、綾芽と会おうとしない。さきほどだって論議のときはいたのに、気がついたら姿をくらましていた。

十櫛は以前、『お前に会わせる顔がないのだよ、あの娘は』と言っていた。羅覇は、綾芽を守れなかった自分を許せないのだと。

「どうか祭官をお許しいただけますよう、お頼み申しあげます」

天梅院の塀が見えてきたころ、夕栄はずっと胸に溜めていたのだろう言葉を絞りだした。

夕栄がこう告げると悟っていたから、綾芽は穏やかに返す。

「羅覇のせいではありません。我が国の誰も、羅覇の非とは思っておりません。大君も、二藍さまだって、羅覇を許すと仰った、そう伺っております」

「いえ、わたしが申しあげたいのは」

夕栄はしばし黙りこむ。それから低く響く声で言った。

「祭官は無論、兜坂国との約定《やくじょう》を守れなかったことを心より悔やんでおります。しかしわたしが差し出がましくもお願い申しあげたのは、綾芽さま、あなたさまにお許しいただきたいということなのです」

あの御方は、と夕栄は左右で色の違う両の目で綾芽を見つめる。

「祭官は、友を苦しませてしまったご自分を許せないのです」

綾芽は足をとめた。

友。

「……それは、友とは、わたしのことですか?」

綾芽の脳裏に、死んだ親友の満面の笑みが浮かぶ。

ついで羅覇の、気高《けだか》く海を見つめる横顔が。

「お許しくださいませ。我々が、あなたさまの真なる友を奪ったのは承知の上です。それでも――」

「夕栄さん」

強《こわ》ばった夕栄の瞳を見あげ、綾芽は静かに告げた。

「友だというのなら、ちゃんと会いに来てくれって伝えてもらえますか？　いつまでもわたしが怒ってることにしておいたほうが、羅覇は楽なのかもしれませんが」

そういう子でしょう、と言えば、表情の乏《とぼ》しい夕栄の顔にわずかな苦さが浮かぶ。

「よくご存じでいらっしゃる」

「そのくらいはわかります、友ですから」

「綾芽さま……」

「ですから、号令神が訪うまえに、絶対会いに来てとお伝えください。待っています」

夕栄は、海色をしたほうの瞳をすがめた。

そうして、必ずお伝えしますと頭をさげた。

天梅院に着いて、夕栄と別れる。青々と茂る梅の木を眺めつつすこしばかり待っていると、朗《ほが》らかな笑顔の女人が寄ってきた。

「綾芽さま、お久しゅう」

紡水門の郡領で、水門の船を率いる喜多である。

喜多はもとから、綾芽の正体に薄々気がついていたようだった。もしかしたら二藍の亡き実母、高瀬《たかせ》の君《きみ》からなにか聞いていたのかもしれない。

「喜多さま、お元気そうでなによりです」

「あなたさまも」と喜多は大きく口をあけて笑った。「気が塞《ふさ》がれていらっしゃらないか今の今まで案じていたのですが、お元気そうで安心しましたよ。これで高瀬の君の墓前にも、心配はございませんよとご報告ができる」

綾芽が言葉を見つけるよりさきに、喜多は育て子である佐智そっくりの気安いしぐさで、綾芽の背を叩いた。

「落ち着いたらぜひ、御許《おんもと》に伺わせてくださいませ。二藍さまにもお目にかかっていろいろとお伝えしたいし、綾芽さま、あなたさまご自身とわたくしどもにも、新たな縁《えにし》が結ばれることとなりましたし」

「わたしと、ですか？」

綾芽は首を傾げたが、喜多は「ええ」と、思わせぶりな笑みだけを残していった。

そのうちに太妃のお越しの声がかかり、綾芽はかしこまった。

喜多が去った渡殿《わたどの》を、衣を引きずり老女が歩いてくる。

さきの妃宮、太妃。その手にはすでに、季節はずれの白梅の枝があった。

「綾芽よ。那緒三位《なおのさんみ》に捧げる花はこちらでよいか」

太妃は那緒を、死後に贈られた官位で呼ぶ。最上の敬意の表れだ。

「ありがとう存じます、よき花です。きっと那緒も喜ぶでしょう」

綾芽が顔をほころばせると、太妃も小さくうなずいた。しかしなぜか梅を綾芽に渡さず、そばに控えていた女官に預けて来た道を戻りはじめる。

「太妃さま?」

「梅は四位門に届けておくゆえ、のちほど受けとるがよい。お前にはもうひとつ、授けねばならぬものがある。ついてくるように」

なんだろう、と訝《いぶか》りながら連れられたのは、太妃の私室であるようだった。梅の薫《かお》る繧繝縁《うんげんべり》に向かい合って座っても、太妃はしばらく口をひらかなかった。ただ綾芽の顔を眺めている。綾芽は気後《きおく》れしそうになりながらも、なんとか目を合わせ続けた。

太妃は美しいひとだ。それでいて妃宮となるべく生まれ、育てられ、全《まっと》うした者の威厳が身に宿っている。雅《みやび》やかで、恐ろしい。

だが綾芽は、このかつての斎庭《ゆにわ》の主がそれだけのひとではないとも知っている。二藍ははっきりとは口にしなかったが、確かにこの義理の母を慕っていた。愛情深い、まこと斎庭の主にふさわしい女人なのだ。

やがて太妃はかすかに目尻の皺《しわ》を深くして、綾芽のまえに錦の包みを置いた。

「紡水門《つむぎのみなと》の郡領から預かったものだ。誰に渡すのがよいかと思案していたが、やはりお前がふさわしい」

言いながら、錦を美しい所作《しょさ》で広げる。綾芽は小さく声をあげた。

現れたのは一振りの短刀だった。

綾芽が身代わりとして雨神へ捧げて失った、二藍があつらえてくれた短刀とすこし形が似ている。

「手にとってみよ」

促《うなが》されて手を伸ばす。拵《こしら》えは地味だが、抜き放つと、冴《さ》えわたる月を思わせる美しい刃が現れる。軽く振ってみても手にしっくりとなじむ。

「よい品であろう?」

「はい、とても。……あの」

綾芽はわずかにためらってから続けた。「こちらは、どのような由来《ゆらい》の品なのですか」

太妃はこの短刀を、喜多から預かったと言っていた。それはつまり。

「お前の考えどおりの品だ。高瀬の君と呼ばれていた女の遺品となる」

やはり二藍の母の遺したものなのか。

「であれば高瀬の君が生前、この斎庭でお使いになっていた品なのですね」

だからこれほどしっくりと手になじむのか、と納得していると、太妃は否と首を振った。

「あの者はその短刀を一度も使わなかった。使わずそばに置いていた」

「……と仰りますと」

「それは高瀬の君が、息子のためにあつらえた品なのだ」

太妃は短刀を包んでいた錦をゆっくりと撫でた。

「斎庭の女は、子が七つになったとき、その健《すこ》やかな成長を願い守り刀を贈る。わたしも大君に、亡くなった生母に代わり短刀をお贈り申しあげたものだ。ゆえにその短刀も本来ならば、高瀬の君の息子に渡るはずだった」

しかし、と太妃は御簾を透かす光に目を細める。

「不幸があり、高瀬の君はついぞ息子にそれを渡すことなく斎庭を離れた。そのまま長らく、息子の代わりにそばに置いていたのだろう」

そして抜き身の刃に目を落とす。ついこのあいだ鍛えられたような、凛とした輝きが宿っている。

「まったく、よく磨いてあるものだな。日ごと手入れしていたに相違ない」

ほんのいっとき、寂《さび》しげな笑みがよぎる。

「一度くらい、顔を見に参ればよかったものを」

思わず綾芽もうつむいた。高瀬の君。二藍の母君。綾芽が二藍の運命を変えるのだと信じてくれたひと。その願いと祈りが籠もった守り刀を、太妃は綾芽にくれるのだという。

息を吸う。丁寧《ていねい》に鞘《さや》に刃を戻し、両手で太妃にさしだした。

「太妃さま、わたしには拝受できません」

「なぜだ」

「こちらは高瀬の君の御子が……二藍さまがお持ちになるべき品です。二藍さまがお戻りになったときに、どうかお渡しくださいませ」

綾芽が受けとってよい品ではない。これは二藍のものだ。

突き返したというのに、太妃は怒りはしなかった。ただ綾芽に問いかける。

「二藍は——有朋《ありとも》は、戻るか」

ほんのわずかに息を呑み、それから綾芽は言い切った。

「必ず。わたしは再び物申として立ちます。立って、二藍さまのご辛抱《しんぼう》に報《むく》います」

「そうか」

太妃は独り言のようにつぶやいた。と思えばきりりと引きしまった所作で、綾芽が突き返した短刀をさらに突き返してくる。

「有朋が戻るまでは、お前が預かるがよい」

「ですが」

「お前が贈られた短刀は、神に捧げてしまったのだろう。得物《えもの》なくして、いざというときいかにして神と渡りあうつもりだ。心の宿った武具でなくてはまったく歯が立たぬぞ」

太妃の表情は、拒否などできないと語っている。綾芽は迷ったものの、結局短刀を受けとった。

「……承知いたしました。それでは二藍さまがお戻りになるまでお預かりします」

「そういたせ。有朋が戻れば、どちらにしろお前には必要なき品だ。また夫にあつらえてもらえるゆえな」

どこか大君に似た、からかうような言い方をして、太妃は話をしまいにした。

「さあ、もうゆけ、那緒三位もいい加減待ちくたびれている」

「はい、お世話になりました」

綾芽は短刀を大事にしまいこみ、席を立つ。と太妃はなにを思ったのか、室《へや》を出かけた綾芽を呼びとめた。

「郡領からは聞いたか」

なにをでしょう、と言いかけて、綾芽はふと思い出した。さきほど喜多は、綾芽と新たな縁が結ばれるだろう――そんなことを言っていた。

「……わたしと縁があると。どのような意味かはまだ量りかねておりますが」

「ではわたしが告げよう」

太妃は錦を丁寧に折りたたみ、膝の上に載せる。

「紡水門にて高瀬の君が、若人《わこうど》にものを教えていたのは知っているだろう？」

「はい。優れた門弟を多く育ててくださったと聞きました」

「紡水門の郡領は、その遺志を継ぐ新たな師を遣わしてほしいと申すのだ。それでわたしは大君や妃宮とも相談申しあげて、号令神の危難が去ったのち、ひとりの女官を紡水門に遣《や》ると決めた。高瀬の君と同じく罪人ではあるが、心は立派な斎庭の女官である者が、ちょうどひとり思いあたったのでな。その者の名は――」

太妃が告げた名を聞くや、綾芽の目は裂けんばかりに見開かれた。

「その……その者は、今どこに？」

「庭獄《ていごく》のむかいの、大蔵《おおくら》にて鍛えられている」

聞くや綾芽は辞去の礼もそこそこに、逸《はや》る思いで駆けだした。

慌ただしく去った綾芽の背が見えなくなると、太妃はふっと肩をさげた。膝の上の錦に手を重ね、語りかける。

「依子《よりこ》、あなたがあの子の名に込めた願いは確かに叶ったようだ。あの子は厭《いと》われず、ひとりでもない。『夢のうち』の帳に隔《へだ》たれたとしても、切れぬ絆を繋いだ朋《とも》が有《あ》る」

だから憂《うれ》いなくすべてを忘れてよいのだよ。

太妃の声は、梅の香《か》に乗り空に昇っていった。


綾芽は、息があがるのも構わず大蔵に駆けこんだ。罪人の用いる物品を置いておくための薄暗い蔵は、今はほとんど空である。奥の方にだけ弱々しい灯火が揺れていて、すこしの調度が置かれている。

その陰で、足を縄で括《くく》られた娘がひとり、文台《ぶんだい》に広げた書物を真剣に読みこんでいた。

綾芽は一瞬足をとめ、息もとめ、その娘の横顔を見つめた。透き通るような白い頬、大きな目。

間違いない。

「真白《ましろ》！」

叫んで駆け寄った。驚き顔をあげた娘――真白の両肩を、倒れこむようにして摑む。

「ほんとに真白か？　生きてたのか！」

真白は恥じいるように頬を赤らめた。

「……実はそうなのです、お姉さま」

「でも刀で斬られて、いっぱい血が出て」

「血はたいそう失いましたが、傷は思ったより浅かったそうです。すぐに舎人の方々が見つけて手当てしてくださったのと、もしかしたら尚大神のお力によって、命だけはとりとめました」

そうか、と綾芽は真白の背を抱いたまま座りこんだ。力が入らない。

この真白は、騙《だま》されて神をひそかに招き、滅国に手を貸した。それを悔いつつ斬られて死んだはずだった。だが今綾芽の目の前で、確かに真白は、義理の妹は生きている。ずいぶんと大人びた、困ったような笑みを綾芽に向けている。

「なぜ生きていると教えてくれなかったんだ」

「お姉さまのお心を乱したくありませんでした」

「充分乱れたよ。わたしは、あなたが死んでしまったものと……」

ふいに、今まで救えなかったやさしき人々の姿が次々と思い起こされて、唇を嚙む。と、綾芽がふいに黙ったことで誤解したのか、真白はうつむいた。

「申し訳ございません。わたしなどが生き残ってしまっては、お姉さまの足手まといになるとわかっておりましたのに」

「馬鹿を言わないでくれ。あなたが生きててよかった」

綾芽は心から言って、真白をひときわ強く抱きしめた。誰かの犠牲でなにかを得るのはもう嫌だった。心の隅に刺さり続けていた棘《とげ》のひとつが消えていく。

真白は生きていた。これからも生きてゆける。

「……本来死罪になるべき身です。国を滅ぼす企てに手を貸してしまったのですから」

「知ってて手を貸したわけじゃない」

「それでも罪は罪です」

「死ねば罪が償《つぐな》えるというわけでもないだろう」

「ですが」と真白の声が震える。「わたしのせいで、二藍さまは……」

綾芽はすべては言わせなかった。

「大丈夫、二藍は帰ってくる」

自分に言い聞かせるように繰りかえす。

「あのひとはちゃんと戻ってくる。わたしが呼ぶから、絶対戻ってくる」

胸の奥底から思いが湧きあがる。噴きあがってくる。

もうすこし、あとすこしだと言っている。

「それに国も滅びない。わたしたちが力を尽くせば、号令神なんて追い返せる。みなで生きてゆける」

そうすれば真白の罪も軽くなる。なくならずとも、死をもって贖《あがな》わずともよくなる。

「そうだろう？」

顔をあげると、真白の眦《まなじり》には涙が溜まっていた。それでも真白は唇に力を入れて、口の端を持ちあげようとする。

「お姉さま、わたし、滅国の危機が去った暁には、紡水門《つむぎのみなと》にゆくことになりました」

「聞いたよ。立派な御方のあとを継ぐのだから、胸を張って向かってくれ」

「必ず。生かしていただいているだけでもありがたいのに、わたしに生きる場をくださるとは、斎庭《ゆにわ》には感謝してもしきれません」

「……うん」

綾芽には、妹が心の底から言っているのがわかった。今度こそ、真の意味で真白は大人になったのだ。

「それから――」と真白は言いにくそうに言葉を濁す。

「どうした？」

「実はこたびの危難においては、神招きができる者は多ければ多いほどよいそうです。ですからこたびのみ、わたしも神を鎮める役目を仰せつかりました。妃宮のお許しをいただき、正式に神を招いてお姉さまをお助けできます」

「……本当か」

はい、と言いかけた真白を、もう一度綾芽は抱きしめた。

「おめでとう、さすがは真白だ。立派なことだ」

「褒《ほ》めてくださるのですか」

いまやごまかしもきかないくらいに涙声になった妹を、綾芽は笑って見やる。

「上つ御方は、あなたには才があったと仰っていたよ。道を外れたのが悔やまれると。わたしも悔しかったから、あなたが生きていて、たとえ一度でもその才を生かせる機会があって心から嬉しい」

「お姉さま……」

「しかもこの一度は、とても大切な一度なんだから。堂々と神を鎮めてくれ。あなたの姉として、あの方の妃としてのお願いだ」

真白は鼻を啜《すす》ってうなずくも、やはり怯えたように尋ねる。

「わたしに務まるでしょうか。わたし、非違を犯していたときは下位の神しか招いたことがございません。雨神が荒れたときも、お姉さまに助けていただいてしまった。自分ではなにもできませんでした」

「大丈夫、務まるよ。尚だってそう言ってただろうし、わたしにはわかる」

真白自身に見えずとも、綾芽にははっきりと見えている。

「なぜと言われても困るけど――」

と言いかけて、綾芽は今朝の鮎名の言葉を思い出した。

――ああ、そうか。そういうことか。

衣の上から笄子《かんざし》に触れる。見えずとも、確かにそこに絆の証があるのがわかる。同じように鮎名にも、そして今日会ってきた人々にも、また見えているのだ。

胸が熱い。

土のしたにはもう新芽が、今か今かと首をもたげようと待っている。

(あなたは、最初から全部わかっていたんだな)

大きく深呼吸して、胸に置いていた手を真白の肩へ伸ばした。

「お互いに頑張ろう、真白。どうにか生き延びて、滅国を退けて、それからまたゆっくり話をしよう。わたし、あなたを二藍さまに会わせたいんだよ。せっかくわたしの家族が近くにいるんだから、紹介しなきゃ」

「まさか、そのような畏れ多いこと。そもそも二藍さまは、罪人たるわたしになどお会いにならないでしょう」

「いや、あのひとはなんだかんだいって、わたしに甘いからな」と綾芽は笑って立ちあがる。「わたしが頼めば会ってくれるよ」

そしてわたしの妹が、あなたの母君の遺志を継ぐのだと話そう。二藍はきっと複雑な顔をしながらも、やさしい目をするだろう。

そういうひとなのだ、あのひとは。

明るい表情の姉を見あげ、真白は慈《いつく》しむように頰をほころばせた。

「那緒さんが仰ったとおりなのですね」

なんのこと、と綾芽が首を傾げると、真白は「秘密です」とにっこりした。


禁苑の入り口である四位門を訪ねると、確かに須佐が金桃の酒漬けを、太妃が梅の枝を届けていてくれた。それぞれを携《たずさ》え、綾芽は禁苑のくさはらにある石塔へ向かった。

斎庭で死んだ女官たちを忘れぬよう、祈りの場として設《もう》けられたそこには、今日も誰かが誰かを偲《しの》んだ花や菓子が供《そな》えてある。

綾芽も石塔の前に膝をつき、手にしてきたものをそっと捧げた。

「なんだか久しぶりだな」

尚とはよく会っているけどな、とひとり笑う。

那緒の御霊が、尚としてそばにい続けてくれて嬉しい。再び友になってくれて嬉しい。なにもかも忘れてしまっても、神としての残酷な気質を持ちあわせていたとしても、尚は確かに那緒の魂を引き継いでいる。

それでも綾芽は、死んだ親友そのものもまた、悼《いた》んでいるし忘れていない。

「那緒」

あえかな笑みをたたえて呼びかける。

「あなたたちが繋いでくれた道は、まだ続いているよ」

強い風が抜けていく。梅の花がちりちりと揺れる。やがて風が収まると、日のぬくもりが背を温める。なんだか那緒が返事をくれたような気がした。

「そういえばさ、むかし二藍が教えてくれたんだけど」

その場に友がいるかのように語りかける。「あなた、わたしこそが朱之宮《あけのみや》の力を継いでいるはずだとかなんとか二藍に言ってたんだって？　どうしてそんなふうに言ってくれたんだ。どうして信じてくれたんだ？」

永遠に答えは返ってこないと知っていても、なぜだろうと今でも思う。

思えば那緒こそが、綾芽が物申であると最初に見抜いた者なのだ。確信こそなかったとしても、綾芽がその力の持ち主にふさわしいと信じてくれた。待っていてくれた。

「最後に会ったときだってさ、あなた、躊躇《ちゅうちょ》もなく神命を下そうとしたじゃないか」

——あなたはわたしのことを忘れる。一生思い出さない。

玉瓮《たまがめ》を割って現れた白い靄《もや》の向こうで、那緒はそんな神命を下して綾芽に自分を忘れさせようとした。

「だけど、本気で忘れられるつもりはなかっただろう？　わたしが神命を拒めるとわかっていたから、あえて忘れろなんて言ったんだ」

綾芽は那緒を忘れない、忘れるわけがない。だから必ず神命を拒む。物申として立ちあがる。物申としての己を受けいれて、那緒のもとを飛びたってゆく。

そう悟っていたからこそ、あえて神命を下した。綾芽の背を押した。撥ねつけられると知っていて、忘れろと命じた。

最初から、忘れ去られる気なんてすこしもなかったからこそ。

「あの心術は、物申の力によって退けられるとわかっていたからこそ告げたもの。そうだろう？」

再び風が吹きぬける。

やはり声は返らない。だが綾芽は、答えはちゃんと知っている。那緒だって、綾芽が答えを知っているとわかっていたのだ。

だから空へと目を移した。

西の空へ。

遠く玉盤大島のほうへ。

「そうだろう、二藍」

冷たい湖の底に横たわっているという号令神の身体のさらに奥、何者も越えられぬ帳の向こうへいるひとへ。

「あなたも那緒と同じなんだ」

多くの人が触れて角のとれたすべらかな石塔の表面を撫でて、綾芽はくさはらに足を踏みだした。

「あなたはあのとき、有常の心術に屈していたわたしを救ってくれたけれど」

――お前のすべては、お前だけのものだ。

二藍は紅《くれない》に変じた瞳で綾芽に心術をかけ、喉に笄子《かんざし》を突き刺しかけていた綾芽を解き放ってくれたけれど。

「だけどあなたは、本当は、わたしがわたしだけのものだなんて思ってないだろう？　わたしはわたし自身のものであり、国と民《たみ》のものでもある。春宮妃だからな」

それに。

懐から、濃紫の包みを取りだした。綾芽が綾芽だけのものになったときから触れられなくなった笄子《かんざし》を、覆った絹をひらいてゆく。

鋭い切っ先が光る。目をすがめながら絹を除《の》ける。

やがて、丸みを帯びた飾りの部分が現れた。

胸を張り、長い尾を垂らした銀の鶏《にわとり》が、日の光を受けて輝く。綾芽を見つめている。

「それに、わたしはあなたのものでもある。あなたの友で、妻だから」

綾芽の人生は二藍のもので、二藍の人生は綾芽のものだ。手を取り合い、握りしめて歩いてゆく。それがこの斎庭で添い遂げるということだ。神を招きもてなし、生きていくことなのだ。

「一度全部返してくれてありがとう。おかげでわたしは、あなたがいなくても生きていけるってわかった。あなたがくれたものがわたしを生かしてくれる。あなたが繋いでくれた人々と、心を交わしてゆける。そう改めて知れた。だからこそ」

と息を吸う。

「だからこそわたしは物申として、あなたの心術を厳に拒む」

それは、ひこばえが芽吹くような穏やかなものではなかった。

ほとばしる血しぶきのように綾芽の殻《から》を打ち破り、再び現れる。

二藍がかけた心術を打ち砕かんとする。

「わたしはあなたのものだ。そしてあなたはわたしのものだ。ゆえにわたしは、あなたを失ったままの人生など受けいれない。あなたが号令神として国を滅ぼす末路など、けっして許さない」

そんな理には物を申す。

否と拒んでみせる。

笄子に手を伸ばす。指先で触れる。美しい笄子。綾芽が二藍のもので、二藍が綾芽のものであるという証。互いの手を握りしめ、支え合って生きていこうと誓った証。

その輝きはもう、綾芽を拒まなかった。

長く待ち望んでいたかのように、するりと掌に収まった。

第二章　愛しき滅国の神を招く

「わたしが再びこの地に戻るまで、斎庭《ゆにわ》のすべてを預ける」

菖蒲《あやめ》の花が散ったころ、大君《おおきみ》は壱師門《いちしもん》の前で鮎名《あゆな》に申し渡した。

「もし斎庭のみなみなの奮戦報《むく》われず、号令神《ごうれいしん》が滅国《めっこく》と号令しようとも、わたしは最後まで諦《あきら》めぬ。荒れ神の引き起こす災禍《さいか》が国に溢《あふ》れ、すべてが山の火に焼かれ、泥川に呑まれたとしても、民《たみ》よりさきにはけっして死なぬ。我が御霊《みたま》は国を離れず、この国の土に留《とど》まり民を導く。ゆえに心安くして励め」

大君の背後には、外庭《とつにわ》の主《おも》だった者が並んでいる。

いよいよ号令神を迎える日をまえにして、政《まつりごと》を担《にな》う人々は都の南方にある垂水宮《たるみのみや》に移ることとなった。

もし綾芽《あやめ》が号令神の滅国の命《めい》を拒《こば》めずに、兜坂国《とさかのくに》が滅ぶと定まってしまったら、その瞬間から国中の神という神が荒れて災厄を引き起こすだろう。そしてそんな災厄をすこしでも鎮《しず》めようと、斎庭の人々は荒れた神々を招きいれて、鎮めて、しかし力及ばず斃《たお》れてゆくだろう。瞬《またた》く間に斎庭は、かつて綾芽が『夢のうち』で見た廃墟と化す。

政に携《たずさ》わる者は、そんな斎庭と運命をともにするわけにはいかないのだ。斎庭の力及ばず、あらゆる天変地異が目を覆《おお》うような悲惨さで国を襲ったとしても、民がすぐさまひとり残らず死ぬわけではない。むしろすぐには死ねず、地震や噴火、大水に故郷を追われて生き残ってしまった者こそが絶望を目の当《ま》たりにする。絶望のうちに死んでゆく。

そんな民を、大君や外庭の官人《かんじん》は最後の最後まで、知恵をもって導かねばならない。生き延びる手立てを講じ続けねばならない。

大君は危険極まりない斎庭のそばを離れ、垂水宮に最後の陣を張ることとした。それで大君と二《に》の宮《みや》、主《おも》だった官人たちは、都の民を怖がらせないよう行幸《ぎょうこう》を装《よそお》って都を離れようとしているのだった。

斎庭の上つ御方を率いて、鮎名は深くうなずいた。

「わたくしどもも最後まで諦めませせぬ。せめて一柱《ひとはしら》でも多く荒れ神を鎮めてから力尽きましょう」

鮎名は、大君の傍《かたわ》らで硬い表情をしている二の宮の前にも膝《ひざ》をつく。

「宮」

「はい」

「我が君とともに、どうか民をお守りください」

二の宮は唇を噛み、必死の笑みを作ってみせた。

「お任せください、妃宮《きさきみや》。必ずみなを守ってみせましょう。次に……妃宮と叔父君《おじぎみ》にお目にかかるときには、立派になったとお褒《ほ》めいただけますように」

「ええ、ぜひ。宮の叔父君はきっと、宮の成長ぶりにたいそう驚かれるでしょう」

鮎名はやわらかに告げて立ちあがる。再び大君へ目を向ける。

それを合図に、向かい合う斎庭と外庭の人々が背を正した。

出立《しゅったつ》のときだ。

「では。あとは頼んだ」

「ご安心を。大君も、どうかご無事の――」

ふいに鮎名は声に詰まる。大君を見つめたまま、言葉が出てこなくなる。すると大君はわずかに表情を崩した。鮎名に歩み寄り、ごく気安い場でしか漏《も》らさない声音でささやきかけた。

「お前はいつも忙しくて、わたしの相手をしてくれぬな」

「……なにを仰《おっしゃ》ります」

「だが無事号令神を退《しりぞ》けた暁《あかつき》には、すこしは暇《ひま》もできるだろう。そのときには――」

耳元でなにごとかを告げられて、鮎名は目をみはる。どういう顔をしてよいのかわからないように視線を惑《まど》わせる。

しかし最後には、そっと微笑みを返した。

「……必ず」

と思えば頬を引きしめる。今度は堂々と言い切った。

「ご無事の道行きを。また、お目にかかれますよう」

そして深々と頭《こうべ》を垂れた。

鮎名の背後に並んだ斎庭の妃がたも、女官たちも、斎庭に残ることになった官人も、そして綾芽も、鮎名と同じように頭をさげて祈る。

また会えますように。

みなで揃《そろ》って、笑顔を交わせますように。

すぐに行幸の列は動きだした。未練を断ち切るように桃危宮《とうきぐう》に戻ってゆく鮎名に『行列を見届けるように』と命じられて、綾芽は壱師門の楼上からずっと眺めていた。

大君が輿《こし》に乗り去ってゆく。二の宮や左右の大臣、外庭の官人たちも牛車《ぎっしゃ》や馬にて続いた。長い行列には官人のみならず、年老いたり身体が弱かったりする斎庭の女官や、幼すぎる童女《わらわめ》たちも含まれている。弱いから逃がしたのではない。もし斎庭が一度廃墟と化したとしても、大君と国は苦難を切り抜けられるかもしれない。その際に再び斎庭を興《おこ》せるよう、未来を託され去るのだ。

斎庭で教えを受ける童女たちはみな賢いから、頭ではそのような己《おのれ》の役割を理解している。とはいっても別離は悲しいものだから、そこかしこで父母と涙の別れとなった。常子《つねこ》と右中将《うちゅうじょう》夫妻も、年端《としは》のいかないひとり娘をなんとか送りだしたようだった。

綾芽は遠ざかる列を眺めながら、常子夫妻と娘の別れ際《ぎわ》を思い返していた。号泣する娘とともに涙して、それでも励まし抱きしめ背を押した常子の姿は思い出すだに切なくて、つい目尻を拭《ぬぐ》っていると、

「ご覧になっておられたのでしょう。まことに申し訳ございません」

その常子が楼上にのぼってきて、袖《そで》を濡らした自分を恥じるように頭をさげた。

「女官の長たる尚侍《ないしのかみ》ともあろう者が、我が子との別離ごときで感極《かんきわ》まるとはお恥ずかしい限りです」

「恥ずかしくなどありません」

と綾芽は首を横に振る。「幼子が父母との別れを嘆《なげ》くのも、それを親が悲しむのも世の道理でございましょう。むしろわたしは、なんというか、嬉しいです」

理非に厳しく、律令《りつりょう》を尊《たっと》び、融通《ゆうずう》の利《き》かない尚侍としてもふるまえる常子が、実際は情ある人の親であるのが、綾芽は嬉しかった。そのような母である常子が誇らしく、慕《した》わしかった。思えば綾芽自身、常子のそのまめやかなる情に幾度も救われてきたのだ。

「常子さまのようなおひとが上つ御方でいてくださってよかった。わたしは心からそう思います」

常子は目を潤《うる》ませて、なにごとかを言いかけた。本当は綾芽のことも、我が子のように抱きしめたかったのかもしれない。

しかしすぐに有能な女官の長の顔を取りもどし、いつもの落ち着いた口ぶりで言った。

「もったいないお言葉をいただき嬉しゅうございます。さて、実はわたくしはお迎えにあがったのです。そろそろ門をおりましょう。みゆきの列も遠ざかりつつありますゆえ」

見れば、あれだけ別れを惜しむ人々で溢れていた壱師門はいつしか閑散《かんさん》としている。

「門をとじられるのですね」

「ええ」

斎庭はとじる。壱師門の朱色の扉が再びひらくのは、号令神を退けたとき。

滅国の運命を跳ね返した、そのとき。

「わたしもお手伝いいたしましょう」

「お気持ちだけ。それよりあなたには、桜池にお向かいいただきたいのです。釣殿《つりどの》にて、お待ちになっている御方がいらっしゃるのですよ」

桃危宮の一角にある桜池で、誰かが綾芽を待っているという。

誰だろうとしばし悩んで思い浮かんだ。

あの子だ。

桜池の水面《みなも》を、さざ波が細かい襞《ひだ》となって走ってゆく。

その名のとおり、この池は幾百もの桜の木に囲まれていて、とうに花の季節を過ぎた木々は、青々とした葉を思うがままに揺らしていた。築山《つきやま》には紫陽花《あじさい》がたわわに咲いている。藍《あい》と紅《くれない》の合い混じる、二藍《ふたあい》の色。風にゆったりとそよいでいる。

その様子を釣殿で眺めているのは、羅覇《らは》だった。

はじめて目にしたときと同じく、白い衣《ころも》に青き紗《うすぎぬ》を打ちかけた、八杷島《やはじま》の正式な祭官装束《さいかんしょうぞく》をまとっている。衣がふんわりと風をはらんでいるのも同じ。

しかしあのころの、偽《いつわ》りの美しい笑みで塗り固めた横顔はなかった。本物の羅覇の表情を宿したそばかす交じりのかんばせが、どこか思いつめたように紫陽花へ向けられている。

綾芽は、そのほっそりとした背に歩み寄っていった。匳《くしげ》の岩山から逃げだすときに、覚悟を示すかのように肩の上でざくりと切られた羅覇の髪。再び長く背にかかるようになっていたのだと今さらながら気づく。

「髪、伸びたな」

驚いたように羅覇は振り返った。と思えば胸に溜めていたものが急にこみあげたかのごとく口をひらく。

「綾芽、わたし――」

だが綾芽は手で制した。羅覇の隣に並んで、さやかな水面の向こう岸で咲く、二藍色の群生を眺める。羅覇はためらっていたが、やがて同じように紫陽花に目をやった。

沈黙が流れていく。

なにを言えばいいのだろう、と綾芽は考えていた。謝ってほしいわけではない。泣き伏し懺悔《ざんげ》する姿を見たいだなんてまったく思わない。そんなものはいらないのだ。

(でもこの子、真面目《まじめ》だからな)

それに口が達者だから、不用意に話を始めれば自分自身を責める言葉を次々と発して、そして最後にはどうやって責任をとるかの話になるのはわかりきっている。

すこし考えて、ようやく口をひらいた。

「ひとつ教えてほしいんだ。答えてくれるか」

「……もちろん」

「わたし、本当に号令神に屈せずにいられるかな。二藍の姿をした号令神を前にして、ちゃんと強い心を保ってられるかな。どう思う?」

羅覇は戸惑《とまど》ったようにこちらに目を向けた。そうだろう。おそらく予想とかけはなれた問いかけだっただろうし、綾芽は誰に対しても、必ず号令神を退けると宣言してきた。物《もの》申《もうし》の力を取りもどしてからはなおのことだ。『うまくいかないかもしれない』なんて考えもしないかのようにふるまってきた。

それが急に、さも不安なように尋《たず》ねてきたのだから、羅覇が戸惑うのも当然だ。

綾芽は紫陽花に視線を留めたまま続ける。

「もちろん、必ず成し遂《と》げてみせるって誓ってはいるし、揺らいでるわけじゃない。でも実際のところどうなんだろうとも思うんだ。あなた以外の人々はみんな、誰に訊《き》いても、『必ず成し遂げられる』と背を押してくれるけど」

大君も鮎名も、常子も高子《たかこ》も、佐智《さち》や千古《ちこ》や須佐《すさ》も、十櫛《とくし》だってそう。二藍《ふたあい》でさえ、もしこの場にいたのなら、絶対にできると励ましてくれたはずだ。

みな、やさしいから。

「那緒《なお》がそういう子だったよ。わたしが斎庭《ゆにわ》に入れる未来なんて万にひとつもなかったのに、大丈夫、必ず斎庭にゆけるっていつも勇気づけてくれた。今、わたしの周りにいるひとがみんなやさしいのは、そんな那緒が繋いでくれた縁《えにし》だからかもしれない」

でも、と綾芽は瞼《まぶた》の裏に浮かぶ親友の笑みを掻き消した。

「でも今ほしいのは、それじゃあないんだ。わたしが『絶対に成し遂げる』って決意していることと、実際成し遂げられるかどうかは別だろう？　気持ちがあるからって必ずうまくいくわけじゃない。今のわたしに成算がどれだけあるのか、それを知りたいんだ」

願望でも、期待でも、背を押す励ましでもなく、成否を見定める冷徹な目がほしい。

「あなたは真面目なひとだ。斎庭で出会った人々はみな真面目で真摯《しんし》だけど、あなたの真面目さはたぶんすこし違う。あなたならば、冷静にわたしを見極められる。だから教えてくれないか。わたしは号令神に『否《いな》』と言えるのか。国のみなの期待に応《こた》えられるのか」

綾芽は羅覇に向かい合った。

そばかす交じりの可愛らしい顔に、強く視線を合わせた。

「わたしが友だというのなら、はっきりと告げられるだろう。あなたにしか訊けないことなんだ。教えてくれ、お願いだ」

羅覇の髪がゆらめく。綾芽は口の端《は》に力を入れて、異国から渡ってきた娘を見つめ続ける。

雲が流れる。視界の端でさざ波が走り、二藍色の花々がさわさわと音を立てている。

羅覇の瞳の奥にいくつもの感情が浮かぶ。現れては消えて、混ざり合う。そして、たとえひとりきりでも兜坂を滅ぼし、祖国を救うと決めていたころの、強い光が残った。

「……絶対に成功するとはもちろん言えない」

「そうか」

「だけど、できる。と、わたしは信じてる。わたしの目に映るあなたを冷静に見極めたうえで、わたしはそう信じることができる」

「なんかふわっとしてるな」

思わず笑ってしまうと、羅覇は口を尖《とが》らせて、年相応の顔をした。

「仕方ないわ。最後はあなたの心の持ちよう次第なところがあるんだもの」

「そっか」

「でも、あなたは文献に残るどの物申よりも長く戦ってきた。危地をくぐり抜けて、生き残って、跳ね返してきた。だからこの馬鹿馬鹿しい大騒ぎを断ち切るのはあなただって、わたしは信じてる」

「……ありがとう」

「ただ」

「ただ？」

羅覇は言いよどむ。やがて心を決めたように再び口をひらいた。

「……わたしはあなたの友よ。だからこそはっきり言うわ。あなたはきっと、物申として号令神を退けられる。でもそのとき、あなたは――」

ひときわ強く風が吹きぬける。

羅覇の言葉を耳にした綾芽は、わずかに目を見開いた。口を結び、つい藍の紫陽花に目を向ける。

軽く目をつむる。

それから微笑み、うなずいた。

「構わない。望むところだ。薄々気がついていたことでもあったしな。それに」と口角を持ちあげる。「どうなるかなんて、そのときにならなきゃわからない。今からいろいろ悩んだところで意味もないだろう？」

羅覇は感嘆《かんたん》したような呆れたような、なんとも言えない顔をした。

「感服するわ」

「そりゃどうも。羅覇があからさまに褒めてくれるなんてこんなときくらいだな」

「皮肉を言っているわけじゃないのよ」

わかってるよと笑って、綾芽は羅覇のほっそりとした手を引いた。

「まあ、もしものときは頼んだよ。よければあのひとを支えてあげてくれ」

「わたしが？　本気で言ってるの？」

「本気に決まってる」

「他の方に頼んだほうがいいんじゃない。わたしなんて誰よりお呼びじゃない。怒りくるって斬り殺されたっておかしくないわ」

「そうかな。あなたがたはわりと相性がいいから、よい友になれると思う」

羅覇は今度こそ絶句した。

「……あなたって、本当にすごいわ」

「ありがとう」

「皮肉を言ってるのよ」

胸の底から嘆息しながら、羅覇は手を握り返してくる。意外に温かいんだなと、綾芽は笑ってしまった。

最後の数日が過ぎてゆく。綾芽はその幾日かを、二藍がかつて住んでいた東の館で過ごした。

荒れ神が斎庭に溢れた際には、東の館は神饌《しんせん》の配膳所として使われる。それで今日もせわしなく人々が働きまわっている。綾芽も手伝おうとしたが、須佐にすごい顔で断られてしまった。

それでおとなしく、最初の最初に二藍が用意してくれた、女嬬《にょじゅ》のための小さな室《へや》へと籠《こ》もって筆を走らせた。

（ずっとまえ、さきの春宮《はるのみや》の首を奪った記神《きしん》を迎えるときも、ここで書き物をしたな）

思いもよらず遠くまで来たな、と月並みな思いが浮かんで、苦笑して筆を擱《お》いた。

墨が乾くまで、自分の筆跡を眺める。今さら気がついたが、綾芽の字は二藍の手跡《て》に似ている。あの流麗さにははるかに及ばないが、それでもよく似ている。

それが嬉しい。

紙を丁寧《ていねい》に折りたたみ、文箱《ふばこ》に収めて室を出る。そろそろ準備をせねばならない。明日の陽がのぼると同時に号令神は――二藍は、再び綾芽の前に戻ってくるのだから。

身を清め、衣を改めた。二藍がかつてしてくれたように髪を梳《す》き、最後の最後に、胸に銀の笄子《かんざし》を忍ばせる。

そうして東の館をあとにした。

桃危宮の双嚼殿《そうしでん》で、上つ御方と夜を徹して最後の確認を行う。そしていよいよ夜が明けるまえに、揃《そろ》って拝殿へと参じた。

拝殿の回廊に囲まれた白砂《しろすな》敷きの広場には、多くの者が集まっている。最大の礼をもって号令神を迎えるためではあったが、四隅に篝火《かがりび》を煌々《こうこう》と焚《た》き、居並ぶ人々に高らかに告げる鮎名の口ぶりは、礼などとはかけはなれたものだった。

「――我らは古来より神を招きもてなしてきた。しかしそれは、神なるものをただただあがめ奉《たてまつ》り、敬うためではない。人の手にはいかんともできぬ畏《おそ》れ多きものだとひれ伏し、目をつむって災禍をやり過ごすためでもない。神の態のありさまを見極め、我らが利を引きだすためにこそ、知恵を振り絞り、祭礼を為してきたのだ」

我らは神を招き、もてなし、災厄を退ける者。

「ならばいかな荒れ神がこの地を訪《おとな》おうと、今さら畏るるに足らず。一柱残らず鎮め、我ら人なるものがいかにして歩みを進めるのか、玉盤神《ぎょくばんしん》にしかと見せてくれようぞ」

嚙みしめるような口ぶりに決意が滲《にじ》む。けっして煽《あお》りたてるような声音ではないのに、耳を傾けるみなの瞳に火が灯《とも》る。

そばに控える高子や常子、妃がた、各司《かくつかさ》の長がうなずく。花将《かしょう》として神招きを担う夫人《ぶにん》も嬪《ひん》も、仕《つか》える女官たちも、さまざまな役目で斎庭《ゆにわ》を支える氏女《うじめ》も采女《うぬめ》も女嬬も、斎庭に残った外庭《とつにわ》の官人や衛府《えふ》の武人も、決意を新たにする。八杷島の青き紗に身を包んだ羅覇や十櫛が、八杷島本国からこの日のために来訪した祭官たちが、凜《りん》と前を見据えている。

その光景に満足げに目を細めた鮎名は、深く息を吐きだした。白《しら》みつつある東の空を仰ぎ、頭上を飾る金の鶏《にわとり》を揺らして振り向いた。

綾芽に目を向けた。

「綾芽」

「はい」

「はじめよ」

綾芽はうなずいた。

壮麗な祭礼装束をまとってずらりと並ぶ上つ御方のうちで、綾芽はただひとり、『梓《あずさ》』だったときのような身軽な女嬬の衣に身を包んでいる。

しかしその表着《うわぎ》の色を見れば、誰もが綾芽の役目を悟る。

濃 紫《こきむらさき》。

二藍の遺《のこ》した袍《ほう》を解いてあつらえた、綾芽だけがまとえる色。

「よく似合ってるよ」

佐智が、緊張をほぐすようにささやいた。「あいつより似合ってるな」

綾芽は微笑んだ。

――またそんなこと言って。あとで耳に入ったら、またいろいろ言われるよ。

――構うもんか、本当のことだしな。

互いに口には出さない。それでも伝わる。はじめからずっとそばにいてくれた佐智だから、口に出さずとも全部伝わっている。わかってくれている。

佐智は歯を見せて笑うと、そっと背を押してくれた。行ってきな、というように。

綾芽は目をあげる。濃紫の衣を揺らして歩みでる。檜扇《ひおうぎ》の代わりに手にした銀の笄子《かんざし》が篝火にきらめく。

しかしなにより眩《まぶ》しく光るのは、両の目だ。

物申の目。

なにもかもを貫《つらぬ》き通す双眸《そうぼう》。

拝殿の中央には、神座として御帳台《みちょうだい》がしつらえてある。神が座すべき場所。号令神が降りる場所。その前で立ちどまった。今一度瞳を背後の人々へ向けて、自身にも言い聞かせるように口をひらいた。

「我らは滅びはしない。なぜならば、わたしが道を拓《ひら》くからだ。わたしを信じてほしい。どうか、ついてきてほしい」

「無論だ」

間髪《かんはつ》を容《い》れずに鮎名が応える。誰もが声をあげる。綾芽に応じる。

必ずついてゆく。

だからどうか、成し遂げて。

東の空が、ますます白んでゆく。奩《くしげ》の岩山の向こうから、朝焼けの色が空を侵《おか》す。藍と紅の入り交じる、二藍の色に変じてゆく。

二藍が去ってまさに半年、その日を照らす日輪《にちりん》が、姿を現そうとしている。

綾芽は笄子を懐に収め、みなに背を向けた。

誰もいない神座に相対《あいたい》して、両足を踏みしめ深く息を吸いこんだ。

――刻《とき》は満ちた。我らの準備は調《ととの》った。

とうとうだ。

あなたの我慢に、孤独に、今こそ報いてみせる。

「号令神よ、我らがもとに降りられよ！」

しん、と拝殿は静まりかえった。

その静寂《せいじゃく》に、東から一条の光がさす。奩の岩山の向こうから、日輪の片鱗《へんりん》が滲んで輝く。

日の光は開け放たれた拝殿の正面にまっすぐに飛びこんで、神座にかけられた円鏡《まるかがみ》を照らした。そのあまりの眩しさに思わず顔をしかめた綾芽はしかし、次の瞬間息を呑んだ。

突如光が遮《さえぎ》られる。神座の上に、両の目を固くとじて男が立っている。

朝焼けの澄んだ光が、男を照らしている。

濃紫の袍、流れる束髪《そくはつ》。すらりとした立ち姿。怜悧《れいり》さの表れた面立《おもだ》ち。

それは、求めてやまない友の姿をしていた。

夜な夜な夢に見た、慕わしい男の顔を――。

――いや、違う。

息があがる。怒りとも畏れともつかないものが、悪寒《おかん》とともに押しよせる。

まったく違う。なにもない。この男は、あのひとのなにもかもを持っていない。唇には欠片《かけら》も感情が乗っておらず、頬は死人のように白い。笑みもなければ怒りもない。

すべてが作り物だ。人ですらないものだ。

目を逸《そ》らしたい。叫びが喉元まで衝《つ》きあげてくる。

(お前は二藍じゃない！)

しかし懸命に抑えた。奥歯を噛みしめ、微動だにしない伏せた瞼を睨《にら》みつけて、用意してきた祭文《さいもん》を吐きだした。

「我が名は朱野《あけの》の綾芽。兜坂の大君の命を受け、その祭祀《さいし》を代わり行う者でございます。

ようこそ戻られました、我らが王の一族の君」

二藍とは呼ばない。号令神とも口にしない。そんな言葉を吐けば、二藍が号令神であると、綾芽自《みずか》ら認めることになる。言霊《ことだま》となって己《おのれ》を縛る。

「この半年、我らが君を再び迎えるこの日を、今か今かと待ちわびておりました」

心にもないことも言わない。待っていたのは本当だ。あなたが戻ってくるのを、取りもどすこの日を心待ちにしていた。

綾芽が祭文を唱え終わると、まずは号令神の隣に立った記神《きしん》が、八杷島の祭官の口を借りてこう告げた。

「よきことである。であれば次第のとおり、これより号令神の儀を執《と》り行う。号令神は祖国に神命《しんめい》を下し、その命が成就《じょうじゅ》されるさまを見届ける。祖国の者どもは頭を垂れ、神命を拝受せよ」

そして記神は目をつむった。

入れ替わるように二藍の――いや、号令神の瞼がひらく。虚空《こくう》を見つめる、石塊《いしくれ》のような瞳が顕《あらわ》となる。

とたん、綾芽の背を悪寒が駆けあがった。あっという間に身体が重くなり、身動きがとれなくなっていく。

目の前では衣擦《きぬず》れの音が響く。濃紫の袍がかすかに揺れる。号令神は息を吸う。

言葉を吐こうとする。

祖国を滅ぼす一言を。

(そんなのは嫌だ!)

歯を食いしばり、必死に頭を持ちあげた。

「……言えない!」

掠《かす》れた声が出た。出てくれた。勢いのままに叫ぶ。

「あなたは言えない、その神命を口にすることはできない! なぜなら、あなたは、その神命に値《あたい》する、十全なる神にはなりきれていない! そうだろう、二藍!」

神命を紡《つむ》ぎかけていた号令神の唇が、にわかに静止する。虚空を見つめていた両の瞳が、はじめてぐるりと動いて綾芽に視線を注ぐ。

とたんに喉を絞められたような息苦しさに襲われて、綾芽はあえいだ。息ができない。

号令神は再び虚空へ視線を向けて、なにごともなかったように口をひらく。

「廻《めぐりのうみ》 海に浮かぶ諸国の一、兜坂国へ神命を下す。今このときをもって——」

「うるさい!」

綾芽は怒鳴った。

「二藍の声で、二藍のものではない言葉を紡ぐな！」

　身にまとわりつく泥のような悪寒を払いのけて立ちあがる。床を蹴る。行ける。行け。行くんだ！

　神座に躍《おど》りあがり、腕を伸ばして、号令神の口を掌《てのひら》で塞《ふさ》いだ。冷たい。死人よりも冷たい。怒りの涙が湧きあがり、それが声を押しあげる。

「お前は神命など下せない。なぜなら本物の神じゃないからだ！　お前は――」

　号令神の視線が綾芽を射貫《いぬ》く。負けじと睨みかえす。退《ひ》いたら負けだ。目を逸らした瞬
　間、二度と声が出なくなる。身体はひれ伏し、『滅国』を命じる声を聞く羽目になる。

「――お前はまだ神じゃない。なぜならお前の中には、神が持たないはずのものがある。まだ人がある。人としてのお前が生きている」

　号令神の眉がかすかにひそまったような気がした。と思う間もなく濃紫の袖が伸びてきて、自らの口を塞いだ綾芽の掌を引き剝《は》がそうとする。手首を折れるほどに握られて、綾芽は悲鳴をあげた。腕など折ってでも千切ってでも、号令神は小癪《こしゃく》にも物を申す娘を排除しようとしている。

　だが綾芽はさせなかった。痛みに顔を歪《ゆが》めながらも懐から笄子《かんざし》を引き抜いて、こちらの手首をきつく握りしめてくる号令神の腕に躊躇《ちゅうちょ》なく突きたてた。

号令神は綾芽を突き飛ばした。

「痛かったのか？　玉盤の神は痛がったりしないはずなのに」

痺《しび》れの残る手首を庇《かば》いながら、綾芽は息を弾《はず》ませる。号令神の表情はいっさい変わらない。それでも確かに手を放した。痛みを感じている。

「わかっただろう、お前はまだ人なんだ。盤上の石のすべてが黒に置き換わったように見えようと、白が一目《いちもく》残っている。残っている以上、お前に号令神の役目なんかは果たせない。お前たちの大好きな、理《ことわり》が欠けている！　だから――」

「否」

号令神は被《かぶ》せるように言った。腕に笄子が刺さったまま、袖を血に染めながら、平然と、二藍の声で告げる。

「理はある」

「そんなものない！　お前の中にはまだ人がいるって言っただろう！」

「見当たらぬ。虚偽である」

「嘘なものか」と綾芽は言いかえした。「現にお前の隣に立っているのは夢現神《むげんしん》じゃなく、記神だろう！　それがなぜなのか考えればすぐわかるはずだ」

「理由なぞ知らぬ」

「知っている」

と記神が目をあけた。「本来は夢現神が後見すべきところ、だが夢現神はおらぬゆえ、我《われ》が後見に訪れた」

「ならば呼び戻せ」号令神が言う。

「然《しか》り」

記神が答える。いっとき間があく。綾芽は息をつめる。

やがて記神は平淡に告げた。

「できぬ。呼び戻せぬ」

「なにゆえだ」

「夢現神は現世《うつしよ》にはおらぬ」

「なにゆえだ」

「呼びかけたところ、夢現神はこのように答えた。今このとき、『夢のうち』を形作っている最中《さなか》にて、現世には戻れぬ」

綾芽の背に、どっと汗が噴きだした。

ずっとこの瞬間を、この答えを待っていたのだ。記神が夢現神を探し、しかし連れ戻せない、その瞬間を、わたしが、この場のみなが、誰より暗闇のさきのあなたが待ちわびていた。

そう、今だ。

今こそ、そのときなのだ。

「二藍！」

綾芽は声を限りに叫んだ。

「とうとう、ときが来た！」

「うるさい」

号令神がつぶやく。腕の銀の笄子《かんざし》を引き抜きもしないまま、腰に佩《は》いた太刀《たち》に手を伸ばす。引き抜き、ゆっくりと振りかぶる。

綾芽を斬ろうとしている。

わめく物申を切り捨てて、黙らせて、それから滅国を告げようとしている。

刃《やいば》のさきが天を向く。今にも頭を目がけて落ちてくる。だが綾芽は逃げなかった。ひるまず号令神の懐に飛びこんで、胸ぐらを摑みあげる。

睨みつけ、引き寄せる。号令神の石のごとき瞳が目の前にある。

その向こうにいるひとに向かって声を振り絞る。

「二藍、わたしはここにいる！　今こそわたしたちを、この斎庭《ゆにわ》を、あなたの『夢のうち』に引きずりこめ！」

刹那《せつな》。

短く激しい揺れが、どん、と足元を衝きあげて、綾芽はよろめいた。微動だにしない号令神をよそに、ひとりもんどりを打って神座から転がり落ちる。

その身体の中をなにかが、風よりも、光よりも速く通り抜けていった。

はっと目を見開いた。腕をつっぱり、両足に力を込める。片膝《ひざ》をつき顔をあげて、息を呑んだ。

拝殿の様子は、一瞬まえとは様変わりしていた。もうもうと土埃《つちぼこり》が舞い、ありえない方角から光がさしこんでいる。剝がれた壁に、傾《かし》いだ柱。奥の屋根が崩れている。そして血の匂い。床一面に人が倒れている。死んでいる。色とりどりの装束が汚れて広がって、折り重なっている。

ただ号令神は、なにも変わらず綾芽の前にあった。虚空を見つめて、木像のように立ちつくしている。いやひとつだけ、つい一瞬前まで振りかぶっていたはずの太刀の切っ先は、まるで誰かを切り捨てた直後のように床に向いていた。

しかもその刃に、鮮血が滴《したた》っていた。

綾芽は思わず胸に手を置いた。痛みはない、傷もない。

(わたしじゃない)

それでも確かに、号令神は誰かを斬った。誰なのかといえば。

息をつめて、広がる血の海に目を落とす。足元に、ひとりの女が打ち伏している。号令神に縋《すが》るように手を伸ばし、そのまま事切れている。

(これは、わたしだ)

装束の色は濃紫、流れる髪もその頭の形も間違いようもない。号令神に斬り伏せられ、死んでいるのは綾芽だ。

綾芽自身だ。

つまり、と顔をあげたところで再び拝殿が激しく揺れた。とっさに手をついたところ、頭上でめりめりと音が響く。振り仰ぐ。天井の隅が撓《たわ》んでいる——と思ったときには、一気に崩れ落ちてきた。拝殿に悲鳴が満ちる。両掌を広げたほどもある瓦《かわら》の破片が、綾芽目がけて落ちてくる。

蒼白になった綾芽の腕を、

「綾芽!」

走り寄ってきた女舎人《おんなとねり》の千古が思いきり引っ張った。間一髪《かんいっぱつ》床を転がり、目と鼻の先の床に瓦の破片が突き刺さる。

「……助かりました、千古さま」

「よかった。でも気を抜かないで」

千古は綾芽を制し、崩れた屋根の向こうに身構えた。

屋根の穴の向こうから、巨大な赤き瞳が拝殿の中を覗《のぞ》いている。ぬめる肌、裂けた口から覗く幾千もの尖《とが》った歯。

海蛇だ。かつて綾芽が鎮めた、そして二藍を屠《ほふ》った、海蛇の姿をした大地震《おおなゐ》の神。尾の一振りで、人などひとたまりもなく吹き飛ばしてしまう恐ろしい荒れ神。

それが屋根を落とし、暴れ回り、拝殿に集まっていた人々を押しつぶした。現に千古の足元にも、流麗な祭礼装束を地に広げ、虚《うつ》ろな目をした女が屍《しかばね》となって倒れている。

目が合って、綾芽はつい息をとめた。これは、鮎名だ。

だが、

「怪我《けが》はないな、綾芽」

まさにその屍を踏み越えて、本物の鮎名が現れた。身じろぎすらしない玉盤神も、倒れて伏した自身や女たちの屍も一顧《いっこ》だにせず、宝刀を手に海蛇を睨み据え、綾芽の隣に立つ。

「よくぞ号令神をとめた。だが勝負はここからだ。今我らが立っているのは、『夢のうち』。この崩れた拝殿も死んだわたしも、しょせんは『夢のうち』が見せる幻だ。そうだろう?」

「……はい」

綾芽は唇を引き結んだ。

そう、ここは『夢のうち』の中だ。

号令神の太刀がいつのまにか振りおろされ、血濡れていたのも、もうひとりの綾芽がその太刀に斬られて死んでいるのも、海蛇神が襲い来るのも、その海蛇に屠られたのであろう鮎名たちが屍となって転がっているのも、そしてそんな屍とは別に、生きた綾芽や鮎名が存在するのも。

今この場が、斎庭全体が、『夢のうち』に取りこまれているからだ。

ここはさきほどまで綾芽たちがいた斎庭ではない。綾芽が号令神をとめられず、号令神が満を持して『滅国』と宣告したあと、まさにそのときを見せる悪夢の中だ。

「号令神の太刀からはまだ鮮血が滴っているから、幻のお前を斬ってほどないな。邪魔者がいなくなった号令神が『滅国』を命じた直後か」

舎人たちが鋭く声をあげて駆けずりまわる中、鮎名はあたりにすばやく目をやった。

「そして未来のわたしは、滅国が宣告されて荒れたあの海蛇を斎庭に招き、しかし鎮めるまえに殺されてしまったわけか。まさに最悪の末期《まつご》だな」

さきほどまで晴れ渡っていた空には暗雲がうごめいている。風が吹き荒れ、かと思えばからからに晴れた日輪が顔を出し、その向こうでは雪がちらついている。多くの荒れ神が、斎庭におわすことの表れだ。

きっと滅国が宣告された瞬間、鮎名だけでなく斎庭の女たちはみな、国を救おうと荒れ神を斎庭に招き、しかし鎮めきれずに力尽きた。そうして斎庭中に野放しの荒れ神が溢れた、その瞬間が『今』なのだ。

「もっとも、今の我らにとっては最悪でもなんでもないが」

不敵に笑む鮎名に、「はい」と綾芽もうなずいた。

綾芽は死に、滅国が宣告され、荒れ神を鎮めることもできず。確かにこれは最悪の未来なのだろう。

しかし今ここにいる綾芽たちにとって、この光景は、むしろ望みが繋がれた証《あかし》だった。

「確かに我らは今、自らの屍をその目にし、恐ろしき荒れ神と対峙《たいじ》させられている。気を抜けば、幻の自分と同じく屍と化すだろう。だがこの滅国したあとの斎庭に我らが取りこまれているあいだは、すくなくとも本物の兜坂国は滅びない。号令神は『滅国』を告げられない。なぜならば――」

「なぜならば」

と綾芽は微動だにしない二藍の姿の号令神に目を向けた。

「そこに立っている号令神は、わたしたちの屍と同じく幻のもの。本物の号令神は、この『夢のうち』にはおりません。この幻の中には、『夢のうち』を作りあげた祭主《さいしゅ》――人としての二藍さまが、すでにいらっしゃるから」

そうだ。

これぞ、斎庭全体を『夢のうち』に引きいれることこそ、兜坂の秘策。

二藍の編みだした、号令神に打ち勝つ唯一《ゆいいつ》の方法。

これは、二藍がこの半年間、孤独に耐え抜き、籠もっていた『夢のうち』そのものだ。

記神はさきほど、本来の後見である夢現神を呼び寄せようとした。その事実は、必ず闇の壁の向こう、『夢のうち』で夢現神を前にしているはずの二藍にも伝わる。

どんなに隔《へだ》たれていようと、二藍は気がつく。今こそ自分の身体が再び斎庭へ戻り、それに綾芽が立ち向かって否を突きつけている、まさにその瞬間なのだと。

そのときが来たのだと。

そして二藍は、斎庭を滅びの幻へ引きずりこんだ。あえて荒れ神の溢れる恐ろしい未来に招き寄せた。

それでいい、それこそが唯一の光明《こうみよう》。

滅国を乗り越えるための道。

二藍という相容《あいい》れない存在が祭主であるこの『夢のうち』に、号令神はけっして存在できない。つまり斎庭が『夢のうち』に呑みこまれているあいだは、号令神は滅国を宣告できない。

兜坂国は滅びない。

「とにかくお前は祭主を――二藍を探せ」

破れた屋根から覗く海蛇の身がゆらりと傾ぎ、鮎名は告げた。

「この『夢のうち』が終わるそのときこそ、我らの運命が定まるのだ。そして悪夢は祭主にしか終わらせられない。祭主をここに連れてこい。それまで我らは刻《とき》を稼ぐ。荒れ神をいなし、鎮め、お前が戻ってくるまで生き残ってみせる」

なに、と鮎名は海蛇を睨みながらも口の端を持ちあげた。

「このために半年かけて準備してきたのだ。ひとりとてそう簡単にくたばるものか。さいわい、死んだ幻の我らがすでに神を招いてくれている。ならばあとは鎮めるだけだ」

為すべきことを為して力尽きた未来の自分自身から、神招きの役目を引き継ぐまでだ。

「わたしたちが海蛇の気を引く。隙《すき》を見て走れ」

「はい、どうかご無事で。必ず二藍さまと戻って参りますから」

鮎名はなにか言おうとした。だが結局かすかに目尻をさげて、別のことをつぶやいた。

「……あの男に、みなお前を待っていたよと伝えてくれ」

言うや綾芽に背を向け、のたうつ海蛇の神に対峙した。死んだ自分が握りしめていた五《ご》色《しき》の矢を取りあげて、千古へと命じる。

「我が命をもってあの神を射よ」

「お任せを」

矢を拝領した千古は、大弓をきりりと引き絞った。鏃《やじり》のさきは、まっすぐに海蛇の赤眼へ向いている。

「放て」

五色の矢は海蛇目がけて宙を走った。鏃は赤き瞳をしかと射貫《いぬ》き、海蛇が咆哮《ほうこう》をあげる。暴れ回り、拝殿の壁という壁に激しく尾を打ちつける。板壁が割れる。柱が軋《きし》んで瓦の雨が降りそそぐ。

しかし鮎名はひたと神を見据えていた。神から目を逸らさず綾芽を促《うなが》した。

そして綾芽も駆けだした。

二藍の姿をした幻の号令神は、やはり指ひとつ動かさずに立っている。血まみれの太刀を手に、祖国が滅びるさまを見守っている。記神も同じ。

そしてもうひとり、南廂《みなみびさし》の階《きざはし》の前に見も知らぬ異国の娘がいた。色とりどりの刺繍が施《ほどこ》された黒き衣に身を包み、大きな瞳を微塵も揺らがさない置物じみた存在が。

夢現神だ。

（あなたのもとに、必ず二藍を連れてくるからな）

この『夢のうち』を抜けるには、夢現神の投げかける問いに祭主自身が答えねばならない。だから綾芽はこの神の前に、祭主たる二藍を連れ帰る。それこそ果たすべき務め。

（だけど、二藍はどこにいる）

近くにいるはずなのに、拝殿の中には姿が見えなかった。ならば外かと考えながら高欄《こうらん》の前に飛びだして、はっと息を呑んだ。

白砂敷きの広場は、凄惨なありさまを呈していた。

滅国を迎えた未来の女官が、色とりどりの衣を散らして倒れ伏している。その屍を踏みにじるように、大小の神々が広場中を縦横無尽《じゆうおうむじん》に闊歩《かつぽ》していた。牙を持つ神、角を持つ神、神光《しんこう》をまとった人の姿の神。神々は思うがままにふるまっている。荒れくるっている。ほうぼうで悲鳴があがる。逃げ惑う女官の姿がある。綾芽たちと同じく『夢のうち』に引きずりこまれた本物の女官たちが、数多《あまた》の荒れ神や自らの屍を前に冷静さを失ってしまっている。

綾芽は顔色《がんしよく》を失った。まずい、このままでは女官たちは恐慌をきたし、本来の役目を果たせない。どうしたらいい、そう思ったところにしかし、一喝《いっかつ》が響いた。

「落ち着きなさい！」

傾いた高欄から身を乗りだした、常子の声だった。

「お前たちの身は、舎人と衛士が必ず守ります。ですから心を落ち着け、準備したとおりに招神符《しょうしんふ》を焚《た》くのです！　斎庭中の妻館《つまだて》に、花将の待つもてなしの場に、神を一刻も早くお送りなさい。地に伏し死した己からは目を背《そむ》けなさい！　同じ末路など辿《たど》りたくはないでしょう！」

青ざめていた女官たちは、はっとしたようだった。意を決して神籬《ひもろぎ》の前に膝をつき、荒ぶった神を押しとどめようと身体を張る舎人や衛士に守られながら、一心に招神符を捧《ささ》げはじめる。それぞれの神を鎮めの場に導いていく。みなが役目を懸命にこなすうち、一柱、また一柱と神は去ってゆく。

混乱を極めていた拝殿の周囲は、すこしずつ見通しがつくようになっていく。

綾芽は安堵《あんど》し、再び二藍の姿を探した。今度こそ。

やはり見つからず、焦りはじめてきた。

この『夢のうち』には、みなふたりの自分がいる。未来の幻が見せる死んだ自分と、『夢のうち』に取りこまれた本物の自分だ。二藍も同じはず。滅国を宣言した未来の号令神と、祭主としての二藍がいるべきなのだ。だが見つからない。号令神の近くにいると考えていたのに、影もない。

気が急《せ》いているところに、ざり、と耳障《みみざわ》りな音が聞こえた。はたと振り向いた拍子に拝殿が激しく揺れる。西の壁の向こうから、海蛇のぬめった頭が見え隠れする。背後で鮎名が声を張りあげている。千古の矢が走る。鮎名は、他の神が去りつつある白砂敷きの広場に海蛇をおびきだして、そこで決着をつけるつもりなのだ。海蛇はいきりたっている。巨木の幹のように太い尾を高く振りあげては打ち落とす。

どうする。

唇を噛みしめる綾芽の袖を、強く引く者があった。

「こちらに来なさい」

常子だった。渡殿《わたどの》の五色の布に囲まれた陰に綾芽を引きこみ、吹き飛ばされて高欄にぐったりと引っかかっている自らの屍体《したい》を顧《かえり》みず、冷静に問いただしてくる。

「ご無事ですか。二藍さまはおられましたか」

「いいえ」

「やはり。伝令が申すには、桃危宮全体を探してもお姿は見当たらないとのことです」

「……まさか、『夢のうち』にいらっしゃらないのでは」

目の前が暗くなる。人としての二藍が生きているはず。『夢のうち』の祭主として待っていてくれるはず。その希望が砕かれてしまうのか。

「落ち着かれませ。神を招くことができるのは人のみ。南廂に夢現神がおわす以上、祭主たる二藍さまが必ず斎庭《ゆにわ》のどこかにおられるのは間違いございません」

「いったいどこに。拝殿にも、桃危宮にもおられないのに」

「どこぞで荒れ神に邪魔されて、身動きがとれなくなっておられるのかもしれませんね」

襲われているということか。青くなった綾芽を常子は励ました。

「二藍さまをお信じなさいませ。あの方がそう易々《やすやす》と神に屈するわけがございません。必ずやあなたを待っておられますから、桃危宮を出て探しにゆかれませ」

「どこを探せばよいのでしょう。しらみつぶしに探していては、とてもみなが持ちません」

『夢のうち』にいるあいだ、荒れ神を放っておくわけにはいかない。鎮めにかからねば殺されてしまう。だからみな、綾芽が二藍を探して戻ってくるまで、必死に神と対峙している。刻《とき》を稼いでくれている。だがいつまで持つのか。鮎名だって苦戦しているのだ。他の花将たちは、綾芽が二藍を見つけるまで持ちこたえられるのか。

悲愴《ひそう》な気分になった綾芽の手をとり、常子は決然と告げた。

「持ちこたえられますよ。必ず持ちこたえます。生きて『夢のうち』を抜ける、そのためにこそ我らは準備を重ねてきたのです。少々刻がかかろうとみな承知のうえ」

「けれど――」

「それに羅覇が申しておりました。もし二藍さまのお姿が見当たらないとしたら、二藍さまはお身体があった場、つまり号令神のいたここ拝殿ではなく、お心がある場におられるはずだと。であればまず探すべきは二藍さまと、綾芽、あなたの思い出深き場でございましょう」

「……二藍さまと、わたしの」

「ええ。二藍さまはこの半年、目も見えぬ、手足の感覚もなき暗闇で、ただただあなたを待っておられた。であればおそらくお心があるのは、あなたとの思い出深き場」

ふたりの思い出が色濃く残るどこか。

「わかりました」綾芽は焦りを振りはらうように、勢いをつけて言った。「でしたらまずは尾長宮《びちょうぐう》に行ってみます。そこから探してみます」

ここからもっとも近いのは、二藍の春宮としての居所《きょしょ》、尾長宮だ。

「それがよいでしょう。桃危宮を出てすぐの辻《つじ》は、八杷島の祭礼の場と化しております。恐ろしい神を引き受けていただいておりますから、どうかお気をつけて」

海蛇と睨み合いを続けていた鮎名が、短く命を発した。刹那、千古の矢が海蛇の左目を穿《うが》つ。巨体がのたうち地が揺れる。間髪を容《い》れず、常子が女官たちへ指示を飛ばす。

その声を背に、綾芽は回廊を駆け抜け拝殿を脱した。桃危宮の南門をくぐり外に出る。そこには賢木大路《さかきおおじ》のゆきどまりの大きな辻があって、辻を右に曲がれば尾長宮にはすぐ着くはずだった。

しかし門を出るや、綾芽はたまらず立ちどまった。

耐えがたい熱気が身を襲う。辻の中央で、焔《ほむら》が激しく燃えさかっている。油を注いだように、めらめらと空を舐《な》めている。袖で顔を覆って熱を遮り、それでも綾芽は目を凝《こ》らす。

炎の中心には人らしき姿がある。

神光に覆われた女――焔の神だ。

両手を衝《つ》きあげ、くるくると独楽《こま》のように回っている。その足元には、男か女かすらわからないほどに黒く焦《こ》げた者が倒れている。

あれは誰なのか、と考えて、綾芽の背にひやりとしたものが走る。

常子の言うとおり、この辻では八杷島の祭礼が執り行われている。羅覇たち祭官の力を借りるべく、辻の周辺を、今いっときのみ八杷島の領土としたのだ。

そして八杷島は、危険極まりない神の鎮めを引き受けた。焰の神。ここで鎮められねば、官衙《かんが》を次々と焼いて、他の神への祭礼どころか、人々の命さえも危うくする神の鎮めを、是が非でも我らに担わせてほしいと願いでた。

だから焰の中で焼け死んでいるのは八杷島の者だ。それも――。

「ご案じ召されるな、綾芽さま」

深く響く声に、綾芽ははたと振り向いた。

八杷島の鎧《よろい》に身を包んだ武人が、羅覇を従え歩んでくる。そのゆるやかに波うつ髪も、海色に輝く瞳も、見間違えようもない。

「鹿青《かせい》さま！」

それは八杷島の王太子、鹿青そのひとだった。

「ご無事でしたか！」

「なんとか。もっとも幻のわたしは、焰の神に炭になるまで焼かれているようですが」

鹿青はちらと炎へ目をやった。羅覇が付け加える。

「号令神が『滅国』と宣告した瞬間、鹿青さまは『的《まと》』ではなくなり、不死でもなくなるようです。それでも幻の鹿青さまは、御身《おんみ》を犠牲にして焰の神をお招きになったよう」

「……そうでしたか」

鹿青は、鹿青自身のたっての願いにより、八杷島の祭官を自ら率いるため海を渡り、そして焔の神を押さえこむ難役を引き受けた。焔の神を鎮めるには、その胸に刀を突きたてねばならない。ただびとならば死を免《まぬか》れない厳しい祭礼となるが、『的』にして不死である自分ならば、死なずにこなせる、と。

「それより、綾芽さまは二藍殿下をお探しですね」

鹿青の問いかけに、綾芽は頰を引きしめる。

「はい、まずはこの辻を西に行ったところにございます、二藍さまの居所に向かうつもりです」

「ならばすぐさま焔の神を鎮めねば」

鹿青は躊躇もなく羅覇に告げた。

「祭官たちが招く大風《おおかぜ》の神を用いて火をいなしつつ鎮めにかかろうと考えていたが、猶予《ゆうよ》はないようだ。我が身をもって、即刻焔の神を鎮めにかかる。祭文《さいもん》を唱えよ」

「……まことにございますか。しかしながらそれは、御身をいたく傷つける方策でございますよ」

「構わぬよ。二藍殿下が生きておられるのだから、いまだわたしは『的』のまま、つまりは不死だ。焔に焼かれようとも生き返る。そして羅覇、我が一の祭官たるお前が、わたしを生き返らせてくれる。神気を払って、正気に戻してくれる」

そうだろう、と鹿青はすこしだけやさしい顔をした。

羅覇は目をひらき、唇を嚙む。

やがて覚悟を決めたように頭《こうべ》を垂れた。

「仰《おお》せのままに。鹿青さまの御身もお心も、わたくしが必ずお守りしますゆえ」

「頼もしい祭官だ」

それではと鹿青は、腰の八杷島刀を抜き放った。そして辻の東側にて、祭官たちの行う祭礼を見守っていた十櫛に向かって声を張りあげた。

「十櫛！　我が弟よ！　わたしと羅覇が動けぬあいだ、お前が我らが祭官の指揮を執《と》れ」

十櫛は驚いたように顔をあげた。

「……わたしでよいのですか」

「お前以上に適任はおらぬだろうに」

十櫛の目に逡巡《しゆんじゆん》がよぎる。だがそれも一瞬で、すぐさま姉の意を深く解したように深く首肯《しゆこう》した。

「お任せくださいませ、姉君」

頼んだと目配せをして、鹿青は身を翻《ひるがえ》す。綾芽に告げる。

「……それでは綾芽さま、どうかご無事で」

「はい」と綾芽も祈った。「またお目にかかれますよう」

　鹿青は目を細めた。

　そして羅覇と目を交わし、ふたり並んで焔の神の前に立ちはだかった。

「八杷島の王太子鹿青が、己《おの》が一の祭官、羅覇に厳に命ずる。我らが祭儀をもってして、眼前の災禍の神をなだめ鎮めよ」

「御意《ぎょい》」

　羅覇の詠《うた》うような祭文が辻に満ちる。刀の切っ先を焔の神にまっすぐに向けて鹿青が駆けだしたのと同時、綾芽も地を蹴った。熱気に息ができなくなりそうになる。しかしわずかな間ののち、熱さはするりと引いていく。

　鹿青が焔の神の胸に刀を突きたてたのだと悟り、綾芽は今度は全力で駆けだした。みるみる尾長宮の、朱色の壁が近づいてくる。朱塀は緑に覆われている。ショウブの葉が隙間なく垂らされているのだ。

　疫鬼除《えききよ》けである。こたび鮎名がことのほか警戒していたのは、地震《なゐ》の神、焔の神、そして疫神《えきじん》だ。疫神の眷属《けんぞく》である疫鬼は、増えればたちまち斎庭《ゆにわ》中に疫病を運ぶ。襲われたらひとたまりもない。それでどこの官衙も、厳重に疫鬼除けを施している。

そのおかげか、ここまで綾芽は疫鬼の姿を見ていなかった。招方殿《しょうほうでん》にて数多の疫神に立ち向かっている、高子率いる花将たちが食いとめてくれているのも大きいだろう。わずかに安堵しつつ、慣れ親しんだ尾長宮の朱門を抜けて南の対《たい》へひた走る。

二藍はいるだろうか。

ここにいてくれるだろうか。

南の対に辿りつくと、祭礼装束に身を包んだ佐智が急いで走り寄ってきた。

「こんなところに、どうしたんだよ綾芽」

「二藍さまを探してる。こちらにいないか」

「見てないな。報告も来ていない」

「……そうか」

ここにもいないならどこにいる。二藍は本当に斎庭のどこかにいるのだろうか。綾芽の知る二藍が、いてくれるのか。

不安が胸の底に兆《きざ》してくる。

しかし振りはらい、綾芽は殿舎に面した小さな庭に目を向けた。

「順調か」

「頑張ってるよ」

佐智も南の庭に視線を向ける。そこでは美しき天揚羽蝶《あまあげはちょう》の神が、あでやかな空色の衣をはためかせながら怒りに怒っていた。神が触れたさきから木々を枯らしていた。

そんな荒れ神を、五色の布で飾った柚子《ゆず》の木へ導き鎮めんと必死に舞い踊るのは、同じく空色の舞装束をまとう、よく見知った娘——真白《ましろ》だった。

この館を預かる佐智は、これから荒れ神と化した戦神《いくさがみ》に勝負を挑まねばならない。人の目には判別の難しい色当てをしかけて贄《にえ》を根こそぎ奪ってゆこうとする戦神に勝つには、どうしても天揚羽蝶の神の目が必要なのだ。人の目には見えぬ色を、見定めてもらわねばならない。

だが助けてもらうにはまず、蝶の神を鎮められねば始まらない。それで真白は懸命に舞っていた。己のすべてをかけて神を導こうとしていた。綾芽の手にもおのずと力が込もる。真白は成し遂げられるのか。困難な勝負に挑まねばならない佐智を支えられるだろうか。

いや、大丈夫、大丈夫だ。

(あの子は成し遂げられるし、佐智も勝負には勝てる)

だから、と綾芽は真白に背を向けた。

「あとは頼んだよ。わたしはもう行く。二藍さまを探さなきゃ」

「うん、そうだ、早いとこ行きな」

綾芽の心をよくわかっている佐智は、軽い声で同意した。と思えば声をひそめる。

「だけど気をつけるんだよ。見回りの衛士が言うに、ちょっと南のほうにさがると疫鬼がぐっと増えて、路《みち》のそこかしこで人を狙ってるんだってさ」

「南では疫鬼が増えているのか」

思わぬ知らせに綾芽の表情は曇った。

「ということは、疫神の鎮めはうまく進んでいないんだな。執り行っていらっしゃる高子さまがたはご無事だろうか」

「簡単にくたばるとも思えないから大丈夫だろ。だけど別の場所に気がかりがある」

「別の場所？」

うん、と佐智は、母屋《もや》におわす戦神を鋭い視線で見やった。童子姿の戦神は美豆良《みずら》を振り乱し、焼いた銀魚《しろがねうお》を滅茶苦茶に引き裂いて遊んでいる。

「あの焼いた魚みたいに、調理ってほどの手間がかからない神饌はちゃんと運ばれてくるんだよ。でももっと手の込んだ料理、つまり東の館で配膳されて、各妻館に運ばれるはずの神饌が、ひとつも届かない」

「……東の館に、届けられないような問題が生じてるかもしれないってことか」

「そう」

二藍がかつて住んでいた、綾芽とささやかな刻を過ごした東の館は、このたびは配膳所として使われている。厨司《くりやのつかさ》や膳司《かしわでのつかさ》で調理した品はそこで神の好みに合うよう繊細に味を調えられ、美しく盛りつけされて、神々の前へ運ばれることになっている。

それらが届いていない。もしや、東の館に施してあった疫鬼除けがなんらかのはずみで破れて、疫鬼に襲われてしまったのか。東の館で働く女たちは喰われてしまったのだろうか。それでは神饌頼みのすべての祭礼がたちゆかなくなる。なにより東の館には、友人である須佐が詰めていて……。

「わたしが見てくる」

綾芽は不安を押しやり、拳を握った。

「このまま神饌が届けられなかったらみんな困るし、どちらにしろ、次は東の館に行ってみるつもりだったんだ。もしかしたら二藍も、須佐たちと一緒に閉じこめられているかもしれない」

そうであってくれ。東の館にいなければ、もうどこを探せばいいのか。

「そうだな、きっといる。大丈夫だよ、あいつによろしくな」

佐智は『大丈夫』と繰りかえし、とんと綾芽の背を叩く。

「行ってきな。どうか無事で」

背を押され綾芽は走った。路《みち》に出ると強く風が吹きつけてきて、腕を顔のまえにかざして進む。八把島の祭官たちが、大風の神を相手にしているのだろう。

ぬめるように湿った風の中を、一路南東に向かう。妃の館の前を駆け抜けて、夫人《ぶにん》の館の門前をいくつも通り過ぎ、ぎっしりと並んだ賓《ひん》の妻館をかきわけてゆく。どの門にも神を招いている証である、尾長鳥《おながどり》の尾を模した長い流れ旗がはためいている。鋭く指示を出す女官の声、荒れ神を前に覚悟を決めた花将たちの祭文、慌ただしい配膳の音、緊迫した管弦の調べ、ときには叫び声や悲鳴も漏れ聞こえる。

（どうか、持ちこたえてくれ）

綾芽は息を切らして走りながら祈った。

二藍を探しだし、そのうえでこの『夢のうち』を脱せたとき、兜坂の苦難はついに終わる。号令神に打ち勝つことができる。

それまでどうか、暴れる神を押さえこみ、刻を稼いでくれ。

息があがって胸が苦しい。それでも走り続ける。生ぬるい風が頬を叩く。湿り気を含んだ風に乗り、恐ろしきものが路のそこかしこに現れる。飢えて涎《よだれ》を垂らす狼、暴れる雄牛。

そして疫鬼。

だらりと両腕を垂れて、石榴《ざくろ》の実を思わせる数多の瞳をぎょろぎょろと動かし獲物を漁《あさ》っている。

いつしか風に、季節はずれの白が交じってくる。

桜の花びらだ。美しいが、この場においては死を運ぶもの。疫鬼は花びらに乗って四方に散り、人の身を侵して死に至らしめる。

それがこんなにも舞っているのは疫が広がりつつあるなによりの証だ。

（東の館は無事なのか）

不安が募《つの》るうちにも、桜の花弁が目の前をかすめて地に落ちる。落ちるや黒く染まり、膨《ふく》らみ、新たな疫鬼となり、脇目も振らずに綾芽に飛びかかってくる。

綾芽もすぐさま、高瀬《たかせ》の君から預かった短刀を抜き放ち応戦した。疫鬼のおぞましい赤眼目がけて振りおろす。喰われるものか。こんなところで倒れるわけにはいかないのだ。

刃は疫鬼の目を穿《うが》つ。たちまち黒き身体は幾千の花びらとなってはじけた。花吹雪《ふぶき》を背に駆け抜ける。またしても疫鬼が襲いかかる。応戦する。短刀はもはや抜き放ったままだ。

東の館に近づくほどに、疫鬼の数は増えてゆく。疫鬼たちは両腕をだらりと垂らし、左右に身を揺らし、明らかに東の館を目指して歩いている。

そしていよいよ東の館の門が視界に入り、綾芽は表情を硬くした。疫鬼は、やはり東の館を目がけて集まってきていたらしく、そのこぶりな門の姿は黒に覆い尽くされている。

疫鬼が集《つど》い群がり、柱に爪を立て、とじた扉をこじあけんと長い腕を伸ばしている。

そこかしこから、気味の悪い声が聞こえる。

疫鬼たちが、人の声を真似てぶつぶつとつぶやいているのだ。

「あけて」「ねえあけて」「もう終わったのだよ」「神は退けられた」「兜坂は助かったんだ」「さあ喜ぼう」「だからこの門をあけて」「わたしたちをなかに入れて」

女の声、男の声。

鮎名の声、二藍の声、そして綾芽自身の声。

それに呼応するように、門のうちから娘たちの悲鳴が起こる。

「ほら、また聞こえた。もう戦いは終わったのよ、疫鬼なんていないの」「みんながそう言っているじゃない」「だから門をあけて！　今すぐあけて！」

「だめだ」

綾芽は息せき切って走りだした。襲いかかる疫鬼を打ち払いながら叫ぶ。「疫鬼の声に惑わされちゃだめだ！」

心地よい言葉に騙《だま》され、心を折られて門をあければ、それこそ疫鬼の思うつぼだ。朗報をもたらしてくれたはずの誰かはおらず、待っているのは鋭い歯を剝《む》きだしにした疫鬼の群れ。みな喰われてしまう。

だが叫べども声は疫鬼の甘言《かんげん》に掻き消されて、娘たちには届かない。百を超える疫鬼に阻《はば》まれ、門に近寄ることさえできない。それどころか綾芽を喰らおうと寄ってくる疫鬼もいる。数十はいる。

奥歯を嚙みしめたとき、

「だめだったらだめだから！」

涙交じりの、しかし決然とした声が門の向こうで響いた。

「確かにこのまま引き籠もってるわけにはいかない、いつかは門をあけなきゃ、神饌を運べないもの。でも今じゃない、今はあけちゃだめ、絶対にだめ」

須佐だ。須佐がみなのまえに立ちはだかり、なんとかを押さえこもうとしている。

そう気づいた瞬間、綾芽も声を振り絞った。

「須佐！　わたしだ、綾芽だ！」

今度こそ声は届いたらしい。

「……綾芽？　本物の綾芽なの？　そこにいるの？　……いえだめよ、騙されないから。あんたが助けてって泣いたとしても」

「それでいい、今は絶対にあけるな！　もしあけたら、二藍さまに御衣《ぎょい》をいただけるよう口添えするって約束は全部反故《ほご》にするからな！」

輪となってじりじりと囲み来る疫鬼に身構えつつ叫んだ。疫鬼たちは、隙をついて襲いかかろうと機を窺《うかが》っている。

「……やっぱりあんた、本物の綾芽？」

「今はどちらでもいいよ。それより、どうしてこんなことに。疫鬼除けはどうしたんだ。門を覆っていたはずのショウブがきれいさっぱりなくなってるじゃないか」

疫鬼除けが失《う》せてしまったから、これほどまでに疫鬼が押しよせているのだ。

「焼かれちゃったの！」

「誰にだ」

「蟲《むし》よ蟲」

と須佐は心底忌々《いまいま》しそうに言った。

「星蟲《ほしむし》の神よ！　ほんの膝丈くらいの、小さい武人の姿をしてるでしょう？　運の悪いことにその七つ星と一つ星の軍勢がここで鉢合わせして、合戦《かっせん》を行っちゃったのよ。もみあってるうちに、どっちかの軍勢が放った火矢が門のショウブを燃やしちゃったの」

「それで門の守りがなくなり、疫鬼が群がったのか」

「そう。もう正直、持ちこたえられないかもしれない」

「なに言ってるんだ！」

うとしてる」

「だってみんな、疫鬼の甘い誘いにのせられちゃってる。わたしを殺してでも門をあけようとしてる」

「だめだ。そうなるまえにわたしがなんとかする。疫鬼を引き剝がす」

「どうやって」

それは、と口にしようとして、綾芽はとっさにのけぞった。背後から疫鬼の黒い腕が向かってきて、綾芽の喉を捉《とら》えんとする。短刀を振りあげた。刃はなんとか疫鬼の腕を切りはらったが、そうでなければかぎ爪が喉を深々と抉《えぐ》っていたところだった。

「綾芽！　大丈夫なの？」

「大丈夫」と答えながら脂汗《あぶらあせ》を拭《ぬぐ》う。全然大丈夫ではない。完全に囲まれている。このままでは門から疫鬼を引き剝がすどころか、綾芽までもやられてしまう。

「……須佐、一応訊くけど、そっちに二藍は来てないな」

「いらっしゃらないわ」

そうか、と唇を嚙む。薄々わかっていたが、それでもそこにいてほしかった。二藍さえいれば、なにか突破の秘策があったかもしれないのに。

だがわずかな望みも潰《つい》えた。どうにもならない。いや諦めるな。こんなところで終わるわけにはいかないのだ。非情にならなければ。神饌ごと東の館の娘と須佐を見捨ててでも、綾芽だけは助からねば。そう、須佐に門をあけさせるのだ。門をあけて、疫鬼の注意をそちらに向ける。その隙に逃げねば。二藍を探さねば。だけど、だけど――。

「苦しんでますねえ」

すぐ耳元で、心底おかしそうな笑い声が響いた。

と同時、空より紫電《しでん》が駆けくだる。割れんばかりの雷鳴が轟《とどろ》き、閃光が目を射る。門の向こうから悲鳴が響き、綾芽もたまらずうずくまった。

落雷だ。すぐそばへ落ちた。

だがそう気がつくやいなや、はっと立ちあがる。

ということは、この声は――。

果たして目の前に、赤い目をして冠を戴《いただ》いた、官服《かんぷく》の男がにやりとしていた。歪んだ笑みを浮かべつつ、さきほどまで疫鬼だったであろう黒き桜の花びらをうっとうしそうに振りはらっていた。

怨霊、稲縄《いねただ》だった。

「稲縄さま……」

「ねえ困っておりますねえ、たいへんですねえ、綾芽。仲間を裏切り、疫鬼にさしだし逃げますか？　あなたの手で友を殺して国を救いますか？　崇高な志《こころざし》ですねえ、絶体絶命ですねえ。いい気味だ」

稲縄は嘲笑《あざわら》っている。

だが綾芽は、ひそかに胸をなでおろした。この怨霊が今このときに現れたのは、なにも綾芽の苦境を嘲笑するためではない。現に、今にも綾芽を喰い散らかそうとしていた疫鬼たちは、人ではないものの放つ稲妻を恐れ、遠巻きに様子を窺っている。

息を吐きだす。二藍の母に――つまりはこの怨霊の血族に借り受けている短刀を一度収める。それから尋ねた。

「稲縄さま、そのご様子だと、荒れ神と化してはおられないのだな」

「そのとおり」

「なぜだ。滅国が宣言されれば国中の神が荒れると聞いたが」

「さあて。怨霊なんて、いつでも荒れているようなものですし」

稲縄はへらへらと、酒臭《さけくさ》い息を疫鬼に吹きかけている。

「まあわたしも、最初は荒ぶっていましたよ。怒りを滾《たぎ》らせたまま斎庭に招かれたので、これさいわい、思う存分殺してやろうと猛《たけ》りたっておりましたよ。ですがいざ斎庭の地に立ってみれば、すでに男女問わず、兜坂の者の屍がそこら中に転がっているではないですか。それでなんとなく満足してしまったというか」

「……『夢のうち』の見せる屍のおかげで、かえって鎮まられて、普段の稲縄さまに戻られたのか」

祖国に恨みを抱いた怨霊は、祖国の人々が苦しむ姿を見て鎮まる。つまりこの絶体絶命の状況では、皮肉にもかえって冷静になってしまうのか。

「だからこうしてわたしをお助けくださったのだな。感謝する――」

「奢《おご》るな」

稲縄は急に笑みを消して、綾芽の目をぎょろりと覗きこんだ。

「お前がここで死したら、いよいよ国が滅ぶであろうが。祖国が滅べば、我ら怨霊はいったいなにを恨んでゆけばいい？」

「……わかっている。あなたがたが望むのは、とわに祖国を恨むこと」

つまりは、とわに祖国が続くこと。

それでいい。怨霊と人、理由はかけはなれていようと望みは同じ。

だからこそ、と綾芽は声に力を込めた。

「あなたがた怨霊のためにも、この国を必ず救う。そのためにどうか稲縄さま――」

「頼まれずとも疫鬼など蹴散らすに決まっているであろうが」

稲縄が冷ややかに笏《しゃく》を振るや、雷鳴が耳をつんざく。門前の疫鬼が悲鳴をあげて散ってゆく。

「そして蹴散らすのは腹立たしいことに、わたしばかりではないぞ」

顎《あご》で示されたほうを振り向き、綾芽は目をみはった。

稲光に照らされ、疫鬼を相手取る影がもうひとつ。

大蛇の尾だ。白き鱗《うろこ》がぎらりと光って払われるたび、疫鬼は逃げ場もなく花びらと散る。その尾に繋がっているのは蛇の頭ではない。黒い官服《かんぷく》の男の上半身。

稲縄と犬猿の仲の怨霊、桃夏《ももか》だ。

桃夏は手近な疫鬼を薙《な》ぎはらうと、鎌首をもたげるように人の形の半身を持ちあげて、築地塀《ついじべい》越しに東の館の内側を覗きこんだ。

「娘ども、なにを愚かに立ちすくんでおる。疾《と》く神饌を調えよ。しばしすれば我が尾が門前の疫鬼を一掃する。その隙に神饌を運びださずして、いつ運ぶというのか」

急に鉛白《えんぱく》の官人の顔が現れて、塀の向こうの娘たちはぎょっとしたようだったが、「この御方の言うとおりよ」という須佐の鶴の一声で、我に返ったように配膳に戻っていくのが塀越しにも察せられた。

「……力合わせて、我らをお助けくださるのか」

綾芽は信じられない心地だった。生前わかり合えなかったふたりが、こうして同じ場で、祖国の民を助けてくれるとは。

「まさか」と稲縄は忌々しげに一蹴した。「怨霊が力合わせるわけがなかろう。くだらぬことを申す暇があるのなら、お前はあの子のもとに早くゆけ」

あの子、二藍のもとに。

「もちろん今すぐ行きたいんだ」と綾芽も言いかえす。「だけど居場所がわからない」

「愚かなり」

「そういう稲縄さまはご存じなのだろう！　あのひとがどこにいるのか、怨霊であるあなたにはすべてが見渡せているはず。教えてくれ、お願いだ」

「さて」

「稲縄さま！」

「教えてやればよいものを」疫鬼を尾で払いつつ、冷ややかに桃夏が口を挟む。「己の血族の行く末が気が気でないくせに」

稲縄は黙って桃夏を睨《ね》めた。

それから知らぬふりをして笏を口元に当てて綾芽に言う。

「お前はあの子のなにを見てきたのです？　居場所にすこしも当てがないなんて」

「ないわけじゃない。これまでも思い出深い場を巡ってきたんだ。でも桃危宮にも、尾長宮やここ東の館にもいなかった。だったら——」

「だったら始まりに立ち戻るしかないでしょうに」

「……始まり？」

始まりに、立ち戻る。

それはいったい、と考え、ふいに理解した。その場がどこを指すのかをはっきりと思い至った。

「……あの場所か」

だとすれば。

築地塀に駆け寄って、塀の向こうに呼びかける。

「須佐、いるか！　ひとつだけ投げてよこしてほしいものがある」

「なんでも渡すわ。なにがほしいの？」

綾芽は短く息を吸った。

「桃を」

稲縄の雷光が走り、桃夏が地を揺らす。あとからあとから集まってくる疫鬼を屠《ほふ》っていく。須佐はまだ熟してもいない固い桃を、築地塀越しに投げわたしてくれた。大事に袖に入れた綾芽に、稲縄は皮肉げな笑みを向ける。

「どのように目的の場へ向かうつもりです。まさか疫鬼を斬り伏せながら走ってゆくんですか？　どれだけ刻がかかるやら」

「仕方ない、やるしかない」

「そこの蛇男に運んでもらえばどうでしょうね。ちょうど背に乗れそうだから」

くつくつと肩を揺らしている稲縄の提案を、「ふざけるな」と桃夏は切って捨てた。

「本来ならばその娘の顔など二度と見たくはないのだ。それに娘を背に乗せるのなら、それにふさわしき獣がいるだろう」

辟易《へきえき》したように顔を背ける桃夏の一言に、駆けだそうとしていた綾芽は立ちどまる。

――そうか。

くるりと振り返り、ふたりの怨霊に丁重《ていちょう》に頭をさげた。

「おふたかた、深く感謝する。この兜坂国を末永く呪い、見守っていただけますよう」

そして天を仰いで呼んだ。

「あなたもいるんだろう！　どうかわたしのもとへ来てくれないか！　尚《なお》！」

尚大神《なおのおおかみ》。親友の御霊《みたま》が、神と成ったもの。

獣の姿となり、鮮血を好む恐ろしき質《たち》を得たもの。

（だからこそ、正気でいるはずだ）

尚も荒れ神として斎庭《ゆにわ》に呼び寄せられたはずだ。そして当初は、綾芽の声も届かぬほどに血に飢えていただろう。だがこの『夢のうち』の斎庭には、目を背けたくなるほどおびただしい血が流れている。

それを目にした今の尚は、間違いなく鎮まっている。

綾芽を二藍のところまで運んでくれる。

「尚！　どうか！」

路《みち》の向こうで閃光のようなものが見えた。それは瞬く間に大きくなり、白銀の狼の形をとる。獣は疫鬼の黒い影を撥《は》ね飛ばしながら駆け、綾芽の前にやってきた。幻の屍の血を存分に啜《すす》って赤く濡れた口元はそのままに、嬉しそうに目を細めた。

「呼んだかしら、綾芽」

うん、と綾芽は尚の口元を袖で拭ってやって、それから膝をついて頼みこんだ。

「尚、わたしを背に乗せてくれないか。二藍のところへ運んでほしいんだ」

「もちろんいいわよ」

綾芽の胸に頭をすりつけ、尚は邪気のない声で言う。「だってわたし、いつでもあなたを二藍のところに運んできたもの。もしかしたらわたしの真なるお役目って、あなたと二藍を引き合わせることなのかもね」

「尚……」

声につまった綾芽をよそに、尚は前脚を折る。乗れと言っている。

「それでどこへゆけばいいの？　二藍はどこ？」

やわらかく光る毛に覆われた首筋を、綾芽は力いっぱいに抱きしめた。それから背によじのぼり、路のさきを見据えて短く言った。

「門だ」

「どこの門？」

「南にある、斎庭の一の門。人と神が行き交う楼門——壱師門だよ」

あの日。

綾芽と二藍がはじめて出会った、あの門だ。


尚は疾風《はやて》のように駆ける。尾長鳥の旗がはためく神招きの館を過ぎ、官衙を過ぎる。そこかしこに幻の屍が転がっている。本物の衛士や舎人が疫鬼と戦い、暴れる神を防ぎ守る。そのうしろを女官が駆け抜け、神たる獣を館へ招きいれている。

そのすべてを縫って尚は走った。足どりに迷いはない。

綾芽の心にもまた、迷いはなかった。

やがて板葺《いたぶ》き屋根の向こうに、つややかに連なる甍《いらか》の波が見えてくる。斎庭を囲む大垣だ。大垣の外側は暗闇に沈んでいる。『夢のうち』を守る、漆黒《しっこく》の壁が立ちはだかっている。だからこそ、そびえ立つ壱師門の朱の色がことさら眩しく映《は》えわたる。

斎庭の入り口、すべての始まりである壱師門。

尚が地を蹴る。その身体がつむじ風となって辻を回りこむ。

楼上が見えた。とじられた緑の格子戸《こうしど》の奥から光が漏れている。激しい炎の色だ。

（間違いない、あそこだ）

綾芽は袖に入れた桃を今一度確かめる。それから尚に叫んだ。

「壱師門の下まで連れていってくれ！　そうしたら路を戻って、神饌を妻館に運ぶ須佐たちを守ってやってくれないか」

「了解」

軽やかに答えて、尚は低く身をかがめる。いっそう力強く地面を蹴りあげた。風がわっと正面から吹きつけて、つい目をすがめる。と思ったときには、尚は壱師門の基壇のうえに躍りあがり、身を捩《よじ》るようにして立ちどまっていた。

「それじゃあね。勝手に死んじゃだめよ。あなたの看取《みと》り役はわたしのものなんだから」

あっけらかんとのたまう神の背を撫でて、綾芽は白狼の背から飛び降りた。

赤い瞳と目が合う。

「なお、大好きだよ」

尚はかすかに笑った気がした。

「わたしもよ」

それからふたりして身を翻した。飛ぶように去ってゆく獣の足音を背に、綾芽は楼上へ続く階《きざはし》へ駆け寄る。階のたもとでは鉾舞《ほこまい》の装束に身を包んだ舞女《まいめ》がふたり、右往左往《うおうさおう》していて、綾芽を認めて急いで駆け寄ってきた。

「綾《あや》の君《きみ》！　たいへんなことになりました。楼上にて神鎮めを為そうとしたのですが、あまりの熱さに階をのぼれず、神鎮めにも取りかかれず」

綾芽は階のさきを見あげた。

確かにひどく熱い。楼上から耐えがたい熱気が吹きおろしてくる。まともに喰らえばひとたまりもないような、恐ろしい火の風が襲い来る。

だが不思議と怖くはなかった。むしろ早鐘を打つ心臓は、早く早くと急《せ》いている。

「大丈夫、わたしが行く」

「しかし――」

「あなたがたは招方殿にいらっしゃる高子さまに、わたしがこちらに参ったとお伝えしてきてくれ」

言うや階に飛びついた。息をとめて、熱風の隙間を這《は》いあがるようにのぼっていく。熱い。だがなぜかその熱は、門へ着いた直後よりは弱まっていて、まったくのぼれないほどではなかった。

楼上の神は、誰が来たのか知っているのだ。綾芽を招きいれている。

――ゆける。

あと五段、三段。階を蹴りあげる。二階の床が見えてくる。床の縁《へり》に腕を伸ばし、両手で掴み、転がりこむように駆けあがる。

途端、肌を焦がすような熱が頬をかすめる。びゅう、と音とともに炎が走ってくる。とっさに転がり、這いつくばった。

炎をやり過ごし、どうにか顔をあげる。

熱気で景色が揺れている。そのさきに、女が立っている。古《いにしえ》の衣に身を包み、顔を神光に覆われた女。かろうじて窺《うかが》える口元には、繊月《せんげつ》のような笑みが浮かぶ。手には焔《ほむら》をまとった鉾。赤く熱した鉄色の穂先を振りかざし、綾芽を見おろしている。

「九重媛《ここのえひめ》」

綾芽は神の名を呼んだ。

九重山《ここのえやま》の神。火を噴く山の、荒れ神。

九重媛の口元がいっそうつりあがった。と思ったときには、鉾が綾芽目がけて突きいれられる。炎をまとった風が襲いかかる。

必死に足に力を入れた。立ちあがって、逃れなければ。だが間に合わない。立ちあがりきらないうちに炎の風が迫りくる。動け、早く動けわたしの足！　だめだ、このまま焼かれる――。

「諦めるな！」

声が響いた。

はっとあげた顔の下、襟元《えりもと》を強く掴まれる。そのまま力いっぱい引っ張られて、綾芽は柱の陰に背中からもんどり打って倒れこんだ。

したたか頭を打つかと思ったが、そうはならなかった。

はっしと受けとめる腕がある。いつぞやのように。いつものように。

息を呑んで振り返る。逸《はや》る心で身を捻《ひね》る。

濃紫の袍、流れる束髪。

号令神とそっくりの、しかしすべてが異なる男が、求めてやまないひとが――二藍が、綾芽をしっかりと受けとめていた。

「二藍……」

夢にまで見た、黒き瞳。

その瞳が、まっすぐ綾芽を見つめている。

「……あなたなのか」

呆然と口にすれば、二藍の瞳はかすかに細まった。

「わたしだ。待たせたな」

目の奥が熱くなる。溢れそうになって、衝きあげられるようにして、綾芽は腕を伸ばそうとした。強く抱きしめたい。抱きしめ返してほしい。それだけで心は満たされる。報われる。さびしかった。あなたをずっと待っていた。会いたかった。

だが思い直して腕を引く。代わりに拳を強く握りしめる。

戻ってきた。待っていてくれた。

今はそれでいい。

短く息を吸って身を離す。けらけらと笑って鉾を振り回している九重媛に目を向ける。

「ほんとだよ。待ちに待った。待って待って待ち続けたよ」

積もる話も、伝えたいこともたくさんある。

「でも話はあとだ。まずは九重媛を鎮めなきゃいけない。そうしないとあなたはこの楼上からおりられない。そうだろう？」

二藍は一瞬、名残惜《なごり》しそうな顔をした。しかしすぐに綾芽に倣《なら》い身構えて、荒れた山神に鋭い視線を向ける。

「そのとおりだ。一刻も早く壱師門を脱したかったのだが、九重媛がさせてくれぬ。舞女すら楼上にあげぬありさまだ」

「九重媛は、わたしを待っていたんだろう？」

あのときのように、綾芽と二藍が揃い踏むのを待っていた。

「違いない。よって九重媛を鎮めるためには――」

「桃が必要だな。そうじゃないかと思って持ってきたんだ」

綾芽は袖から桃を取りだした。

九重媛の出方を注視していた二藍は目をみはる。それから嬉しそうに、挑むように笑みを浮かべた。

「ならばわたしが機を見る。合図とともに飛びこめ。ゆけるな」

「もちろんだ」

故郷で青海鳥《あおみどり》を狙ったときのように。

かつて九重媛を鎮めたように。

五色《ごしき》の矢にて大風《おおかぜ》の神をいざなったように。

涙ながらに大地震《おおなゐ》の神を射貫いた日のように。

「あなたを信じて飛びこむよ」

いつでもそうしてきたように。

二藍はうなずき、濃紫の袖を払って立ちあがる。丸柱の陰から歩みでて、神光まとう神の眼前に堂々と姿を晒《さら》す。

そして宣言した。

「九重媛よ、我らはここだ」

九重媛の長き衣が波を打つ。振り向く口元に笑みが浮かぶ。

媛は二藍と綾芽に向き直り、鉾を握り直した。大きく片足をさげて身体を捻る。鉾を持つ腕をうしろに引いて構える。胸が上下する。

鉾のさきがひときわ赤く、山の火の色に輝いた。

薙《な》ぎはらわれる。

その瞬間、二藍は口をひらいた。

「放て！」

綾芽は地を蹴った。桃を固く握りしめた腕を弓弦《ゆづる》を引くがごとく狙いを絞り、そのまま身体をねじるようにして前へ振りおろす。腕がしなり、桃が放たれる。

九重媛がわずかに顎を持ちあげて、満足げな顔を見せた気がした刹那。

桃はおんな神の胸の中心を打った。

光が溢れ、奔流《ほんりゆう》となる。視界を覆い尽くす。

そして瞬《まばた》きひとつのちには、神の姿は消えていた。いつかと同じく目の前には、黒く焼け焦げた楼上ばかりが広がっていた。

「九重媛は……」

「鎮まった」

綾芽の背を支え、二藍はやわらかに言った。「よくやった」

かつて似たような言葉を聞いたなと思いつつ、綾芽も肩の力を抜く。

「あなたもな」

眩しく見合う。

それからどちらともなく腕を伸ばし、抱き合った。

濃紫の袖と袖が重なる。ぬくもりが伝わる。

待っていた。このときを、ずっとずっと待っていた。

「またしても、つらい思いをさせて悪かった」

「大丈夫。待ってるって約束してくれたからな」

だからわたしも待てたんだよ。

涙の滲む声で告げれば、そうか、と二藍は、背に回した腕にいっそう力を込めた。

第三章　再び会いて、再び別るる

わずかなあいだ、ふたりは再会の喜びを噛みしめた。

「あなたはずっと『夢のうち』にいたんだな。どんなところだった？」

「なにもないところだ。なにも見えず、感じられぬ。かろうじて夢現神《むげんしん》の気配だけは察せられるが、そんなものないほうがましだ。あとは無、どれほど刻《とき》が経《た》ったかもわからぬ、己《おのれ》がまだそこに在《あ》るのかすら揺らいでくる、底なしの暗闇だ」

「……寂《さび》しかったたな」

「すこしばかりな」と綾芽《あやめ》の髪を梳《す》きながら二藍《ふたあい》は笑った。「だが死した那緒《なお》が玉瓷《たまがめ》のうちでひとり過ごした数年を思えば、たいした苦行ではない」

「そうかもしれないけど」

「それに、ずっとお前のことを考えていた」

「……わたし？」

「『夢のうち』は、わたしが人としてのわたしを保てているからこその夢だ」

二藍が己をなくし闇に溶けてしまったら、『夢のうち』は消えてしまう。号令神《ごうれいしん》を留《とど》める術《すべ》はなくなり、すべてが台無しになる。

「だからこそ、己がほころびてゆかぬよう、変わらぬよう、わたしというものの形をひたすらになぞっていた。つまりはお前とこの壱師門《いちしもん》で出会った日から今までを、幾度も幾度も思い返していた」

「……もしかして、それであなたはこの壱師門にいたのかな」

出会いの場、すべてのはじまりの地に立っていたのだろうか。

「かもしれぬな。もっとも壱師門で目覚めたあとは、この場に思いを馳《は》せる余裕などなかったが。九重媛《ここのえひめ》は、わたしがここにいると誰ぞへ伝える隙《すき》さえあたえてくれぬし、腕にはなぜか笄子《かんざし》が深々と刺さっている」

二藍は軽く言ったが、綾芽は慌《あわ》てて二藍の腕に手を添えた。

「そうだ、大丈夫か？　わたし、思いきり刺しちゃって」

号令神をとめるためとはいえ、二藍の身体を傷つけてしまった。

「構わぬよ。我が身も抜刀《ばっとう》していたようでもあるしな。号令神は、お前を切り捨てようとでもしていたのではないか？　すまなかった」

「なんで謝るんだ！　ひとつもあなたのせいじゃないし……ああ、これはひどく痛むな」

傷口は深く、あまりの申し訳なさに顔を歪《ゆが》めると、「確かに痛いは痛いな」と二藍はおかしそうに言った。

「ごめん……」

「だがその疼《うず》きが心地よい。これぞ人の痛みだ」

それに、と二藍は付け加える。

「この笄子が我が身に刺さっているのを見て、正直安心した」

「……どうしてだ」

「わたしは『夢のうち』の暗闇で、ただ夢現神の様子が変わったことだけを手がかりに『夢のうち』を広げてしまった。そしてそのまま壱師門で目が覚めた。ゆえにお前たちがどのように号令神と対峙《たいじ》しているのかを知らず、気が気ではなかったのだ。だがそんなわたしにも、こうして我が身に笄子を刺せるのなら、お前は確かに取りもどしたのだろうと悟れた」

二藍は懐《ふところ》に忍ばせていた銀の笄子を、綾芽にそっと手渡した。

「物を申す力は、再び芽吹いたのだな」

笄子は変わらずきらめいている。綾芽はしばしその輝きを見つめてから、うん、と微笑み、顔をあげた。

「信じてくれたあなたや、みなのおかげだよ」

「そうか」

二藍の表情も緩《ゆる》む。どこかさみしさも滲《にじ》んでいるように見えた。

「……どうしたんだ」

「なんでもない。ゆこう。桃危宮《とうきぐう》の拝殿に戻り、まことの意味で号令神を退《しりぞ》けねばな」

言うや歩きだした二藍に、「うん」と綾芽も続いた。そうだ、みなが待っている。二藍を夢現神のもとに連れてゆくのだ。

「だけど――」と賢木大路《さかきおおじ》を見おろし、眉間《みけん》に皺《しわ》を寄せる。「夢現神のいる拝殿まで戻るのには、ちょっと難儀するかもしれないな」

「まったくだ」

拝殿に戻るには、賢木大路をまっすぐに北上すればよい。だが大路には、おびただしい数の疫鬼《えきき》がうごめいている。綾芽がこの門へ至ったときより、さらに増えているようだった。赤き眼をせわしなく動かし、獲物を探している。こと、数町北にのぼったところにある招方殿《しょうほうでん》の門前はひどいありさまだ。門から絶え間なく疫鬼が路《みち》に溢《あふ》れだし、黒く染まっている。

「なぜあれほど疫鬼が湧いてしまっている。疫神の鎮《しず》めの祭礼は、力ある上つ御方が率いていらっしゃるのだろう？」

「うん、高子《たかこ》さまが引き受けておられてる。だけど……もしかして、うまくいっていらっしゃらないのかもしれない」

「高花《たかはな》のおん方《かた》がし損じるとも思えぬが――」

と鋭く招方殿のほうを眺めていた二藍が、はっと目をひらいた。

「見ろ」

招方殿の門前で騒ぎが起こっている。衛士《えじ》が一斉に打ってでたのだ。その猛攻に疫鬼はいっとき押しこまれ、隙を衝《つ》くように、武官装束《しょうぞく》の男が数名、騎馬で路へ躍《おど》りでた。疫鬼を蹴散らし、賢木大路を一気にこちらへ駆けてくる。

あれは、と綾芽は思わず身を乗りだした。

「常子《つねこ》さまの夫君《おっとぎみ》、右の中将《ちゅうじょう》さまだ！　わたしたちに会いにこられるのか」

「そのようだ。助勢できるか？」

「任せろ」

と背負っていた短弓《たんきゅう》をすぐさま構える。五色《ごしき》の矢をつがい、迷いなく射た。中将の進路を阻《はば》む疫鬼を射貫《いぬ》けば、わっと黒の桜の花びらが舞いあがる。

中将たちは、綾芽が拓《ひら》いた道目がけて馬を突進させた。

「相変わらず見事な腕だ」

二藍がつぶやくころには、中将たちは無事壱師門の門前に辿《たど》りついていた。疫鬼除けのショウブの結界の内側で馬をおりるやいなや、階《きざはし》へ走り寄る。

「綾《あや》の君《きみ》！　……春宮《はるのみや》！」

中将は二藍の姿を認めるなり、感極《かんきわ》まったように膝《ひざ》をついた。

「ご無事だったのですね！」

「世話をかけたな」

「とんでもございません、我らはみな春宮のお戻りを――」と言いかけて、はっと頬を引きしめる。「いえ、お帰りを喜ぶのはのちほどにいたします。春宮、そして綾の君、おふたかたが急ぎ夢現神のもとに向かわれるおつもりなのは重々承知しております。しかしながらまずは、どうか招方殿へお越しいただけますか」

「やはりなにかあったのですか。高子さまがたはご無事なのですか？」

前のめりに尋《たず》ねた綾芽を、中将は「お心を安らかになさいませ」となだめた。

「花将《かしょう》のみなさまはみな、ご自身が祭主《さいしゅ》となられた疫神《えきじん》をすでに鎮めておられます」

そうなのか、と胸をなでおろす綾芽をよそに、二藍は鋭く問いかける。

「恐ろしき塞《ふさ》ぎ熱を司《つかさど》る、九兄弟すべてをか」

「はい」

「それはおかしい。であればなぜ、塞ぎ熱の疫鬼がいまだ斎庭《ゆにわ》を闊歩《かっぽ》している。九つの兄弟すべてが鎮められたのならば、疫鬼もまた消えて然《しか》るべきではないのか」

「仰《おお》せのとおりです。本来ならば、疫鬼がこのように溢れかえるわけはございません。準備していた祭礼は滞《とどこお》りなく進んでおりますゆえ。しかし」

中将は唇に力を入れる。「……実は、ただいま斎庭におわす塞ぎ熱の神は、九柱《きゅうはしら》ではないのです」

「九ではない？　なにを申すか。塞ぎ熱とは九兄弟だと――」

まさか、と思い至って口をつぐんだ二藍に、中将は神妙にうなずいた。

「我らが予想だにしない、十番目の兄弟が、斎庭を訪《おとな》ったのです」

中将とその配下の騎馬にまたがり駆けてゆけば、招方殿の門前では、必死の攻防が繰り広げられていた。どうやら疫鬼は招方殿の裏手、小さな池を擁《よう》した庭園から次々と湧いているらしく、疫除《えきよ》けで身を固めた男舎人《おとこととねり》や衛士が、押しよせる疫鬼を斬っては捨て、斬っては捨てを繰りかえしている。

「火矢を放てればよいのですが、祭礼中の官衙《かんが》を燃やすわけにはいきませぬゆえ。おふたかたはどうかこのまままっすぐ駆け抜けてくださいませ。高花のおん方は、招方殿の大扉のまえでお待ちになっておられます」

言うや右の中将は太刀《たち》を抜いて、疫鬼のまえに躍りでる。

「わずかながら助力しよう」と二藍は、馬の手綱《たづな》を強く引いて声を張りあげた。

「みなの者、長らく待たせた！　我こそ春宮有朋《ありとも》である！　すべてはつつがなく進んでいるゆえ、あとすこしばかり辛抱《しんぼう》せよ！」

疲れが見えはじめていた武人たちは、はっと顔をあげた。そして耳にした言葉がまことの春宮そのひとの声だと、けっして疫鬼の偽言《ぎげん》ではないと悟って、にわかに奮《ふる》いたった。

あがる鬨《とき》の声のあいだを駆ける。五色の綱《つな》に守られた招方殿が迫ってくる。その巨大な朱色の扉の脇、軒下の丸柱の陰で、果たして高子は待っていた。

「綾の君、よく春宮を見つけられましたね。……そして春宮、ようお戻りになられました」

二藍の姿を認めた高子はかすかに目を細め、しかしすぐについ一昨日にでも会ったかのような平静そのものの顔で話しだした。

「さっそくですが、悩ましいことが起こりました。中将に聞きましたか、綾の君」

「新たなる塞ぎ熱の神が訪ったのですね」

「ええ。塞ぎ熱の神は九兄弟のはずでした。わたくしどもも、そのつもりで備えておりましたでしょう。しかしながらいざ『夢のうち』に至り、幻のわたくしが遺《のこ》した書き置きを目にしてみれば、見知らぬ十番目の神までもが訪れているというではありませんか」

高子は、疫鬼に喰われて命を落としたらしき未来の自分の書いた巻子《かんす》を広げた。そこには美しい手跡《て》でこうあった。

『滅国《めっこく》』が宣告された直後、すぐさま兜坂国《とさかのくに》にいるすべての疫神を招いた。そのとき塞ぎ熱の末弟として、今まで知られていない、斎庭に招かれた記録もない、新たなる十番目の疫病の神までもが訪れた。

「その十番目の疫神が、この大量の眷属《けんぞく》を撒《ま》き散らしているのですか」

「ええ。塞ぎ熱はときおり別種を生むものですが、まさかここで新たな兄弟とは運が悪い」

「しかし、なぜこれほどまでに疫鬼の数が増えてしまったのです」

幻の高子が記した巻子に目を走らせていた二藍が尋ねる。

「見知らぬ神とはいえ、他の兄弟と同じく塞ぎ熱の神なれば、鎮めに用いる手段は同じはず。手をこまねいていたわけではありませんでしょうに」

「無論、鎮めようとはいたしましたよ。ですが叶《かな》いませんでした」

「なにゆえです」

「理由はふたつ。この十弟神《じゅっていしん》の疫鬼は、瞬《またた》く間に増えます。他の兄弟――たとえば恐ろしき三兄神《さんけいしん》、犀果《さいか》さまの眷属は、ここまですぐに増えはいたしません。現に犀果さまは、こたびはほとんど疫鬼を従えないまま斎庭を訪れ、容易に鎮まってくださりました」

塞ぎ熱でもっとも恐ろしいのは、九兄弟の三番目である犀果だ。犀果の疫鬼は凶暴で図体も大きく、襲われた者はまず死んでしまう。だが弱みもある。人を喰い荒らし己の巣とするまでに刻がかかるのだ。それで『滅国』が宣告された直後であろうこの『夢のうち』では、まだそれほど猛威を振るっておらず、ほどなく鎮められた。

しかし末弟の率いる疫鬼は、一匹一匹の力こそ犀果の疫鬼より弱いものの、おそろしい勢いで増える。

「わたくしが『夢のうち』に至ったときには、すでに大量の疫鬼を率いた、手のつけられない荒れ神となっておりました。これほどの数の疫鬼を従えた神は、もはや並の花将には鎮められません」

「それで綾芽に任せようとお考えになり、我々を呼び寄せられたのですね。綾芽にならば十弟神を鎮められるのではと――」

「最後まで耳を傾けられませ、春宮。当然、綾の君のお力は必要です。ですがこたびは、綾の君おひとりだけで鎮めることもまた叶わぬのですよ。なぜなら十弟神は、おひとりで現れたわけではございません」

「ひとりではない？」

「ええ」

高子は綾芽に、ついで二藍に目をやり息を吐いた。

「この神は、夫婦《めおと》の神なのです」


疫鬼が溢れだす庭園に現れたのは、神光《しんこう》を放つ男女の神だったという。満開の桜の前で並び立ち、揃《そろ》って銀糸《ぎんし》を編んだように輝く衣《ころも》に身を包んでいた。その寄り添うさまは、まさに夫婦の姿。

しかし異様でもあった。男女の神は、背丈《せたけ》がまったく異なったのである。

塞ぎ熱であるおとこ神は、招方殿の屋根に届くほどの巨体。

対しておんな神は、女人《にょにん》の姿形をしているものの、赤子のように小さい。

「この夫婦、二柱でひとつの疫を司《つかさど》るわけではなく、それぞれ別々の疫鬼を従えて、別々の疫を司る神のようです。背丈の違いは、すなわち疫の勢いの違いでありましょう。現におとこ神の従える疫鬼は掃いて捨てるほどおりますが、おんな神の眷属はほとんど見当たりません」

今斎庭に群がっている疫鬼の主《あるじ》は、巨大なおとこ神のほう。おんな神も塞ぎ熱に似た質《たち》を持つ疫病の神と見えたが、こちらはほとんど疫鬼を従えていなかった。

「それでわたくしが遣《つか》わした花将は、おとこ神を鎮めようとしたのです」

塞ぎ熱の神を鎮めるには、桜の枝を捧《ささ》げればよい。それで花将は、右中将が疫鬼を斬り伏せて拓いた道を、枝を捧げに走った。そして幹のように太いおとこ神の足元に跪《ひざまず》き、一枝の桜を掲《かか》げた。おとこ神はいっさい拒《こば》むそぶりもなく、身をかがめて枝へ腕を伸ばそうとしたという。

おとこ神がその気を見せただけで、早くも眷属はかき消えはじめた。疫鬼がかき消えるのに合わせて、おとこ神の巨体も萎《しぼ》んでゆく。

うまくいく。そう誰もが確信した。これで疫鬼を鎮められる。

しかし。

「おとこ神の眷属が消えるにつれて、今度はおんな神の眷属が増えはじめたのです」

疫鬼が消えたまさにその場所に、どこからか花びらが舞い落ちる。黒ずみ、新たな疫鬼となる。

そしてその疫鬼は、おとこ神が従えていた眷属よりも、はるかに獰猛《どうもう》な見た目をしていた。二回りは大きな体軀を揺らし、だらだらと涎《よだれ》を垂らし、枝を捧げ持つ花将にゆっくりと近寄っていった。

「それで祭礼はすぐに取りやめさせました。疫鬼などにわたくしどもの大切な花将を喰わせる気などいっさいございませんし」

それに、と高子は五色に彩られた檜扇《ひおうぎ》を揺らす。

「どうやらこの夫婦神、どちらかの力が増せばどちらかが力を失う、そのような深き関係のようなのです。ゆえに夫婦のなりをしているのでしょうが……とにかく片方を鎮めるのでは、意味がありません。おとこ神の疫鬼が減れば、そのぶんおんな神の疫鬼が増えてしまう。つまりこの神鎮めは、ひとりの祭主では為せぬものなのです。夫婦の神を一挙に鎮めねばならない。であれば」

と高子は、綾芽と二藍を順に見やる。

「夫婦を鎮めるのはそれもまた夫婦。春宮、そして綾の君。あなたがたが鎮められませ」

高子はそれしかないと決めているようだった。

だが二藍は一瞬啞然としたのち、強い調子で拒絶にかかった。

「なにを仰《おつしや》る。わたしにそのような役目は果たせませぬ」

「なぜです？　あなたさまは春宮でございましょう。兜坂国にて神を招きもてなせるのは、大君《おおきみ》と春宮、そしてその妻妾《さいしよう》。立派に神を鎮めることがおできになる」

「わたしは神ゆらぎでしょうに！　兜坂の神は我が身の神気を嫌う。鎮められるどころか、かえって荒れさせてしまうだけだ」

しかし高子はその言い分を切って捨てた。

「まさか、荒れるわけもございません。今のあなたさまは神ゆらぎではございません。ただびとなのですから」

その一言に、二藍も綾芽も虚を衝《つ》かれた。

神ゆらぎではなく、ただびとである。

つまりは、まったくの人である。

「……なにゆえそう言い切られる」

「おわかりになりませぬか？」

と高子は小首を傾《かし》げてみせる。

「この場におられるあなたさまは、『夢のうち』に籠《こ》もっておられた、人であるあなたさまではありませんか。あなたさまの神としての半身は、『夢のうち』にいっさい入りこめておりません。よって今のあなたさまは神気《しんき》をまとってすらいない。兜坂の神は、あなたさまを拒みはいたしません」

「しかし」

「怖《お》じ気《け》づいておられるのですか」

二藍は息を呑み、それから憤然と言いかえした。

「まさか。ここで疫鬼を鎮めなければならぬのは承知しております。しかしわたし自身は、この身が人なのか、それとも神ゆらぎなのかを判じられません。なんの実感もないのです。であればここで無謀を冒《おか》し、綾芽を死なせるわけにはいかぬと考えているまで」

なるほど、と息をついた高子は、それではと綾芽に目を向けた。

「あなたがご判断なさい、綾の君。あなたの背《せ》の君《きみ》は神ゆらぎなのですか。それとも人なのですか」

突然決断を迫られて、綾芽は言葉につまった。

そんなこと、綾芽にだってわからない。この場の誰にもわからないのだ。為してみねば、結果は見えない。

だからこそ高子は問うている。

綾芽の決定に従うと。

あなたが未来を選びとるべきなのだと。

「……二藍、あなたもわたしが決めるのでよいのか」

「構わぬ」

二藍もまた高子の思惑《おもわく》を悟り、決意したようだった。

「わかった」

――ならば選びとろう。

深く息を吸って、口をひらく。

「あの夜、立ちあがれずに泣きはらしていたわたしに、あなたは五色の綱の向こうで言ってくれたな」

二藍を殺しかけてしまった悔恨《かいこん》のなか、前を向くことすらできない、そんな綾芽に二藍は、赤く染まった瞳を夜闇で隠し、五色の綱を握って告げてくれた。

「神ゆらぎだけど、心は間違いなくひとだ、胸を張って、ひととして生きているって」

そんな生き方ができたのは綾芽のおかげだと、綾芽がそばにいてくれたからだと、迷いなく伝えてくれた。

「それを聞いて、わたしは思ったんだ。わたしをひとにしてくれたのはあなただって」

たったひとりの親友を亡くしたあとの綾芽は、たぶんひとではなかった。自分の命などなんとも思わず、死んでこそ那緒に報《むく》いられるのだと考えていた。

そうではないと、二藍が教えてくれた。

生きるために足掻《あが》き続けるのがひとなのだと、そのために神を招き、もてなし、いなし、鎮め、懸命に人の利を得ようとするのが斎庭《ゆにわ》なる場なのだと、だからこそ大切な人々と想い想われ、心を通わせられるのだと、ひととしてのすべてをもって伝えてくれた。

「あなたは今も昔も、ずっとひとなんだ。だからわたしは一緒に生きたいと思ったし、あなたが大好きなんだ」

　だから、恐れずともよいのだ。

「ゆこう、二藍。ふたりで神を鎮めて、夢現神のもとに向かおう」

二藍の瞳が揺れる。揺れて波だち、そして凪《な》ぐ。

「そうだな、ゆこう」

「うん」

「わたしがおとこ神を鎮めるゆえ、おんな神を引き受けてくれるな」

「望むところだ」

　手はずを確認し合うふたりの横で、「ようございました。ではお願いいたしますよ」と高子はさばさばと言った。

「さっそく鎮めに用いる桜の枝をお渡ししたいところなのですが、残念ながら、ここにも問題がございます。ほとんどの桜の木は、疫鬼の蝟集《いしゅう》するあたりにございまして、折りにゆくのは難儀を極めるのですよ」

「表にも桜はありますでしょう。一本だけ、招方殿の横手に」

「ええ。ただその桜は今、あのように」

と高子は袖《そで》のさきで指ししめす。

「三兄神である犀果さまのものになっております」

招方殿の基壇のうえに、八杷島《やはじま》の色鮮やかな織物が敷かれている。そこには酒席が設けてあって、神が一柱、八杷島の透き通った酒を手にゆるりと座し、頭上に咲き誇る花を眺めていた。疫病の九兄弟のうち、もっとも恐ろしいとされる三番目の兄弟神、犀果だ。

「さいわいにも今の犀果さまは、わたくしの心づくしの祭礼にて鎮まっておられる」

しかしながら、と高子は続ける。

「ご自分のものとされているあの桜を奪われれば、また荒れるやもしれません」

犀果が荒れれば厄介な疫鬼が生みだされ、斎庭はさらなる混乱に陥《おちい》るだろう。

「もっとも、あの桜から枝をいただくほかはございませんから、無理にでも奪うことになりますね。その後は犀果さまの祭主たるわたくしが、身を挺《てい》してでもお鎮めして……」

「ご心配召されるな。わたしが参ります」

二藍ははっきりと高子を制した。犀果のほうへ歩みだす。

「犀果さまの桜を奪うわけではなく、お分けいただけまいかお願い申してみます」

「……あなたさまがですか。しかし――」

「あの神は、もとは八杷島の王族。わたしと同じく神ゆらぎとして生まれ、国のためにその力を振るい、不幸にも己を失って、災厄をもたらす神と化した御方。まさにわたしの輩《ともがら》です。なればこちらは、わたしの役目でございましょう」

よいな、と二藍が目で尋ねてくる。綾芽はもちろんだ、と首を縦《たて》に振った。

犀果にはもはや人の心は残っていない。二藍を輩だとは気づきもしない。それは二藍だってわかっている。

それでも二藍が適任なのだ。二藍自身が、成し遂《と》げると固く決意しているのだから。

二藍はひとり、犀果のもとへと進みでる。丁重《ていちょう》に膝を折り、礼を尽くして許しを請《こ》いはじめた。

疫鬼のけたたましい叫びにかき消されて、そのやりとりは聞こえない。だが二藍は、神光に覆《おお》い隠されてしまった犀果の顔を一心に見あげ、頼み続けているようだった。

ふいに犀果は身じろいで、手にした玻璃《はり》の杯を置く。

腕がゆるりと持ちあがり、頭上の桜を指差した。

二藍は立ちあがり、犀果が指ししめした枝を手折《たお》る。深く礼をして、疫病の神のもとを辞した。

「まこと神祇《じんぎ》の才ある御方」

感心したようにつぶやいた高子は、深く息を吐いて綾芽を促《うなが》す。

「もはやなにも心配はございません。行ってらっしゃいませ、お頼み申しあげますよ」

「お任せください」

胸を張ってそう返すと、綾芽は二藍のもとへ走った。二藍は桜の小枝をふたつに分けて、ひとつを己の束髪《そくはつ》の結び目に挿《さ》す。もうひとつを走り寄ってきた綾芽の懐《ふところ》に、銀の笄子《かんざし》に沿わせて差しいれた。

そうしてふたりで駆けだした。それぞれ短刀と太刀を抜き放ち、疫鬼を蹴散らし、裏手へ続く門へと走る。舎人や衛士が援護する。疫鬼を斬れば、黒き花びらがわっと散る。それをかきわけひた走る。

門をくぐれば、おとこ神の疫鬼に喰われて死んだのだろう、幻の女官たちの屍がそこかしこで折り重なっている。歯を食いしばり踏み越えてゆく。

各所で桜が咲き乱れ、満開の花を風が重く揺らしている。曇天《どんてん》に花びらが舞っている。木々の向こうに巨大な影が現れた。ひときわ大きな桜の前に、天を衝くようなおとこ神が立っている。

その周囲にはうごめく黒。おんな神はほんの膝に届くかという大きさで、黒に埋もれてほとんど様子が窺《うかが》えない。しかし確かにおとこ神に寄り添っている。

「まっすぐゆくか、池を迂回《うかい》して疫鬼を散らすか、どうする」

「まっすぐゆこう」

承知した、と言うや二藍は、「道を拓け」と舎人らに命じた。中将が先頭に立ち、勢いよく太刀を振りあげる。疫鬼が黒い花弁と変じて消える。道が繋がる。そのさきへ、脇目も振らずにふたりで向かう。

そびえ立つおとこ神と、膝丈あまりのおんな神。釣り合いのとれていない二柱は、それぞれのほうへ手を伸ばしている。手を繋ごうとしている。だがあまりにも大きさが違うから、けっして手は重ならない。重ならぬまま、黙している。

その御前に参ずる。神へと捧げる礼を行う。目配せをして、同時に口をひらいた。声が重なり放たれる。

「我が名は兜坂国の春宮有朋、字《あざな》にして二藍」

「その妻、朱野《あけの》の綾芽」

「塞ぎ熱の末弟とその妻に、畏《おそ》れかしこみ申し奉《たてまつ》ります」

「我ら夫妻がおふたりに、対《つい》の桜を献じますゆえ、どうかどうか鎮まられよ。花と化し、散って広がる眷属に、この場から去るよう、何卒《なにとぞ》ご命じくだされよ」

「ともに安らい、ともに眠られよ」

二藍が髪から桜の枝を抜く。両手を掲げ、おとこ神にさしだす。おとこ神はゆっくりと身をかがめる。枝を得ようと手を伸ばす。疫鬼が一匹、また一匹と消えてゆく。おとこ神の背が縮みはじめる。

隣でおんな神が身じろいだ。拍子《ひょうし》に身から花びらが迷いでる。地に落ちて、疫鬼の形をとる。新たな疫鬼が増えるたび、おんな神の背が伸びゆく。みるみる綾芽の、二藍の背を追い越し、夫たるおとこ神をも抜きさって、力を増してゆく。

させじと綾芽も懐から桜をとり、懸命に訴えた。

「夫婦であれば並び立ち、ともにありたいものだろう！　夫君とともに荒れ、ともに鎮まるのをお望みだろう！　ならば花をお手にとられよ。どうか夫君の手をとられよ。ともにあられよ！」

背が伸びてゆくおんな神の懐から、花が舞い落ちる。次から次へと疫鬼と化す。綾芽や二藍を喰らおうと腕を伸ばす。

だが綾芽も二藍も動じなかった。ただただ眼前の神を見つめ続けた。

鎮まられよ。

鎮まれ。

どうか。

おんな神の袖が動く。いまや丸太のようになった指が、綾芽のほうへかすかに伸びる。

だがおんな神は迷っている。枝を受けとってはくれない。鎮まらない。

ここまでか、と覚悟したそのとき。

桜の枝を携《たずさ》え、すでに仔犬ほどに小さくなったおとこ神が、おんな神へ身体を向けた。つま先で立ち、ひよわき腕をおんな神の足にそっと添えた。

神に心はない。この二柱が夫婦のように寄り添っているのも、情が通っているからではない。ふたつの疫のありようが、人には夫婦のように見えるからにすぎない。人の心を通して見るからこそ、このような姿をとっているだけ。

だからこそ綾芽には、おとこ神がおんな神をなだめんとしたように見えた。

ともに鎮まり安らおうと、心を寄せたように見えた。

さら、とおんな神の巨大な袖が揺れる。

桜の枝を両手で捧げ持ち、懸命に頭上に掲げる綾芽の頭上に、影が伸びてくる。

指がおりてくる。

そして。

おんな神は、桜の枝をつまみとった。

その瞬間に、すべての疫鬼が淡い桜色に変じ、吹雪《ふぶき》となって人と神とを包みこむ。

綾芽は目を凝《こ》らした。一面の桜の向こうに、人の背ほどに揃《そろ》った夫婦神が手を繫ぎ、仲《なか》睦《むつ》まじく寄り添う姿が垣間《かいま》見えた気がした。

やがて吹雪はやんだ。

どこからか運ばれてくる花びらが、ひらひらとのどかに舞うばかりになった。

花のしたに、もう夫婦神の姿はない。

(……鎮まった)

綾芽は胸をなでおろした。

それから愛《いと》しい夫に目を向けた。

「さすがの業《わざ》だな」

「お前こそ」

どちらからともなく手を握った。握りしめた。桜の彼方《かなた》に消えた夫婦神のように。


どうかどうかおふたかたともご無事で。またお会いできますように。

そう、どこか切ない眼差《まなざ》しで送りだしてくれた高子に別れを告げ、綾芽と二藍は馬で駆ける。桜の舞う路《みち》を北へ走る。

疫鬼が消えた往来《おうらい》には人の姿がある。疫鬼に阻まれ滞《とどこお》っていた祭礼を急ぎ進めねばならないと、東の館から神饌《しんせん》を運ぶ者。足りない品や人手を調達しようと駆け回る者。怪我人や病人が武人におぶわれ、手当ての場に向かう姿もある。

誰もが疲れ切っている。それでいて誰もが、並んで駆けてゆく濃紫《こきむらさき》の衣を目にするや、瞳に希望の光を宿した。

我らが春宮がお戻りになられた。春宮妃《はるのみやひ》さまが、神命に屈さずにいてくださった。

ならばあとひと息、我らもここが踏んばりどころ。

そう己を奮《ふる》いたたせて、馬上のふたりを見送った。

斎庭《ゆにわ》にいる者はみな、春宮とその妃が向かうさきを知っている。

桃危宮《とうきぐう》は拝殿。

そこには『夢のうち』を作りあげた夢現神がいる。その娘神の問いに祭主が答えたとき、悪夢は終わる。兜坂の苦難もまた終わる。

人々の視線に背を押され、見送られ、綾芽と二藍は馬を走らせた。

桃危宮の正面、南門は八杷島の祭祀《さいし》の場になっていて通れないから、先導する右中将は西側の門へ綾芽たちを送り届けた。「再びお目にかかれますよう」と祈る右中将に別れを告げて、ふたりきりでひた走る。

西の門の向こうには桜池が広がっている。桜の木々に囲まれた美しい池。疫神の力で、花は満開に咲き誇っている。たわわの花弁を揺らしている。

「あとすこしだな。あとは祭主であるあなたが、夢現神の問いかけに答えればいい。それで終わる」

すべてが収まる。

さやさやと揺れる満開の花に囲まれ急ぎつつ、綾芽は背後の二藍に話しかける。

「だけどあなたはすごいな。『夢のうち』を終わりにするのと、号令神を退ける。それを同時に為しうる策を考えつくなんて」

綾芽は心の底から感服していた。

『夢のうち』を終わらせたいと望む祭主に、夢現神の投げかける問いはひとつだ。

――この未来を作りだしたのは、いったい何者か。

そして祭主が発した答えが理《ことわり》にかなっていると夢現神が認めたそのとき、『夢のうち』は終わる。屍も、荒れ神も、崩れた官衙もすべてが消えてなくなり、綾芽たちは現世《うつしよ》に戻る。『夢のうち』に引きずりこまれた瞬間、号令神と綾芽が対峙《たいじ》していた、まさにあのときへ立ち戻る。

夢現神が正しいと認める答えは、なんなのか。この惨状は、いったい何者が作りだしたのか。

「間違いなく夢現神が求める答えは『号令神が作りだした』だろうな。号令神が滅国《めっこく》と告げたからこそ斎庭は滅び、荒れ神が国に溢れたんだって。だけどあなたは、そうは答えない」

水面《みなも》は鏡のように静やかで、ときおりさざ波が音もなく走ってゆく。

ひらり、ひらりと季節はずれの桜の花弁が落ちてゆく。

「あなたはこう答える。『この惨状を生みだした者など、もとよりいない』」

はじめから、兜坂を滅ぼす号令神などいない。

つまりこのような結末は、そもそも起こらぬものなのだ。

「夢現神にとっては思いもよらない答えだろう。でも間違いとは言い切れないはずだ。だから受けいれる、受けいれさせる。だって夢現神が受けいれさえすれば、この『夢のうち』は終わるし、そのうえだ」

と綾芽は走りながら手を広げた。

「『夢のうち』から戻ったわたしの前に立っているのは号令神じゃなく、人としてのあなたになる。当然だよ、号令神なんてはじめからいないんだからな」

号令神が消え、ほぼ黒一色に染められた盤上から黒石が一斉に消える。そうすれば残された盤面は白石のものだ。二藍の身体は、人である二藍に戻ってくる。

そして兜坂は滅国の危機を脱する。号令神は二度と兜坂を訪れない。

そのような神はもとよりいないのだから。

二藍が血路をひらいたのは、まさにこの道だった。夢現神の問いを利用して、その理を逆手にとって、理を退ける策だった。

夢現神にさえ『号令神などはじめからいない』と認めさせられれば、すべてが救われる、起死回生の一手。

だからこそ二藍は、このとてつもない戦いに斎庭中を巻きこんだのだ。

「あなたは本当に賢いよ。すごいよ」

「そう言ってもらえると嬉しいものだ」と背後で二藍はすこし誇らしそうに言った。「もっと褒《ほ》めてくれてもよいのだぞ」

「だいぶ褒めてるだろう?」

「半年ひとりきりだったのでな。飢えているのだ」

「なんだそれ」

冗談のように言うので、綾芽の声も弾《はず》んだ。最後にこんなふうにやりとりしたのはいつだろう。

「もちろん、いくらでも言うよ。『夢のうち』を脱せたらずっと言うよ」

綾芽に残された人生すべてを懸《か》けて、二藍に感謝する。贈れる気持ちは全部贈る。そう決めている。

「それはありがたい」

と笑ってから、二藍は穏やかに続けた。

「しかし実際のところ、夢現神は『号令神などいない』なる突飛《とっぴ》な答えを受けいれるだろうか。お前の言うとおり、これはおそらくあの神にとっての正しい答えではない」

「でも間違った答えとも言い切れないはずだ」

白砂《しろすな》の汀《みぎわ》を蹴る。疲れが飛んでゆく。あとすこしなのだ。あとすこしで終わる。

「わたしたちの答えは、ありえないものじゃない。だからこちらが退《ひ》かなければ、夢現神も受けいれざるをえなくなる。これこそ正しい答えだって、納得させればいいだけだよ」

「納得させられるまで、わたしが持ちこたえられると思うか？」

「あなたは意志の強いひとだろう。折れるわけない」

「夢現神は神命《しんめい》を用いるだろうよ。人にはけっして逆らえぬ絶対の神命にて、玉盤神《ぎょくばんしん》が正しいと考える答えを――この惨状は号令神が為したのだと、わたしに言わせようとする」

「……そうかもしれないけど」

ふいに冷たいものが胸に兆《きざ》す。

確かにそうだ、夢現神が神命を使ってきたらどうする。神命は絶対の命令。どれだけ強い意志を持っていようと、ただびとに逆らう手立てはない。『この惨状は号令神が為したものと言え』と命じられれば、二藍でさえ抗《あらが》えない。

ならば。

だが綾芽はあえて目を逸《そ》らして明るく言った。

「大丈夫だよ、わたしがいる。わたしがそばにいれば、あなたは神命になんて負けない。自分の意志を貫《つらぬ》ける。そうだ、そのはずだ。あなたは強いひとだ。こんな奇策を成功させるなんて、並の者には成しえない。神命だって――」

「できぬよ」

二藍はそう言った。

ものやわらかに、しかし耳を塞ぐことなどできない重みをもって口にした。

「わたしには、神命を拒むことはできぬ」

綾芽はぴたりと足をとめた。はじかれたように振り返った。

「できる！」

「叶わぬ。それはただびとには到底成せぬ業だと、お前が誰より知っているだろう」

「だけど――」

「拒めるのは、この廻海《めぐりのうみ》でただひとり、お前だけなのだ。我が最愛の妻にして物申《ものもうし》よ」

雲間から光がさす。

花びらが、ふたりのあいだをひらりと横切る。

光を受けて落ちてゆく。

「ゆえに、夢現神の問いに答えるのはお前だ」

「……なにが言いたい」

「祭主を代わろう。わたしが祭主のままでは、夢現神に我らの答えを受けいれさせられぬ。お前の心が、お前の意志が、夢現神を押し切って、号令神を退けるのだ。我らの国を生かすのだ」

さあ、と二藍は両手を広げて綾芽に歩み寄る。

「嫌だ」

綾芽はとっさに首を横に振った。腕をうしろに回して後ずさった。

「綾芽」

「だって、ここで祭主を代われば、あなたはどうなる」

「この『夢のうち』を出てゆくことになるな」

「出てゆくって、どこに行くんだ！」

頭ではわかっている。だが受けいれられない。

「あなたは、人としてのあなたは、本来もう消えてしまったはずだった！　『夢のうち』に籠もっていなければ、保てないものだった」

この幻が、号令神が消し去ろうとした二藍を守ってくれていた。

なのにここで外に出てしまったらどうなる。

綾芽の愛しいひとを、なにが守ってくれる。

「『夢のうち』から出ていっても、あなたはあなたとしていられるのか。戻ってきてくれるのか」

「それはわからぬな」

「わからないって」

「為してみなければ、誰にもわからぬのだ」

「神祇官だろう！　はっきりさせてくれ」

二藍は困ったように笑った。

「……ここにいるわたしは、『夢のうち』に籠もったからこそ消えずに残ったもの。であれば、『夢のうち』から一歩でも出れば、すぐさま失《う》せる。跡形もなくなる。そう考えるのが道理なのかもしれぬ」

「失せる……」

たまらず綾芽は縋《すが》りついた。

「そんなわけない！　わたしが夢現神を言い負かせれば、どうにかなるだろう？　あなたの姿をした号令神なんてはじめからいないことになるんだ。そうしたら人としてのあなたが残るだろう。『夢のうち』から出てきたわたしを、迎えてくれるだろう？」

失せるなんて言わないでくれ。せっかくまた会えたのに。

ようやくここまで来たのに。

「そうしたいのはやまやまだが」

「絶対待っててくれ」

「人としてのわたしが残ったとして、それがここにいるわたしの心を持つかはわからぬ。まったく別のわたしかもしれぬ」

「そんなの嫌だ！」

二藍の袖を握りしめて叫んだ。叫ばずにはいられなかった。

わかっている。嫌とは言えない。綾芽は、祭主を引き継がねばならない。国のため、民《たみ》のため、綾芽が成し遂げると信じて耐えているすべての人々のために。

それでも嫌だ、できないのだ。自分勝手でも、卑怯《ひきょう》でも、離れたくはない。この手で二藍を消すことなんてとてもできない。

どうしたらいい。

「ごめん、ごめんなさい、でもわたしはできない、嫌なんだ」

二藍の腕が背を撫でてゆく。その穏やかさに息ができなくなる。きっと二藍はなだめ、諭《さと》してくれるのだろう。泣いてはならぬよと、お前を信じていると。

いつでもそうしてきたように。

だが、落ちてきたのは、なだめる声でも諭す声でもなかった。

「――わたしも嫌だ」

その声は、震えていた。

綾芽は涙に濡れた瞳をひらく。仰ぎ見て、顔を歪ませる。

二藍の双眸《そうぼう》は潤《うる》んでいた。人としての涙が、黒き瞳を縁取《ふちど》っていた。

「わたしも嫌なのだ、綾芽」

二藍は絞りだすように言った。

「最後までお前のそばで支えてやれぬ己が悔しい。……いや、そんな綺麗ごとではない、ようやくこうして会えたのに、話したいこともいくらでもあるというのに、なぜわたしは去らねばならない。受けいれられぬ。せめてあとすこし、もうしばし、お前とともにいたかった」

「二藍……」

「だからこそ」

と唇を噛みしめる。

「……だからこそわたしは去るのだ。そうだろう？」

二藍は、口の端《は》に笑みをのぼせようとしていた。苦しく微笑んで、それでも綾芽の背を押そうとしていた。

それを見て、ようやく綾芽も悟った。二藍と、心の奥深くで繋がっているのだと気がついた。

（そうだ）

瞼《まぶた》の縁《へり》に涙が膨《ふく》らんでゆく。震える唇を引きあげて、精一杯の笑みを返す。

「……二藍。わたしたちは、ずっと一緒だな」

「無論だ。なにがあっても、ともにある」

「うん」

瞬《まばた》くたびに、涙が玉となって頬を滑り落ちる。

「必ず、夢現神にわたしたちの答えを呑ませる。安心して待っていてくれ」

「心配などしておらぬよ」

と二藍は目を細めた。

「お前はいつだって成し遂げてきただろう?」

「全部あなたのおかげだよ。あなたが、わたしといてくれたおかげだ」

だから。

綾芽は思いきって二藍の腕を引いた。

背をいっぱいに伸ばし、頰に口づけた。

「……本当は唇を嚙もうかと思ったんだけど、また今度、ゆっくりできるときにする」

言い訳のようにささやき身を離せば、驚きの目が視界いっぱいに飛びこんでくる。それがおかしくて、力を抜いて笑った。芯から笑えた気がした。『また今度』を心の底から待ちわびている自分に気がついた。

そして二藍も同じなのだと、ほころぶ表情が告げていた。

「今度か。わかった、楽しみにしていよう」

「そうしてくれ」

「もっとも」と声が近づく。「わたしはこのときを、ずっとずっと待っていたのだ。ゆえに、これくらいはさきにもらわせてくれ」

甘やかなぬくもりが、さらりと唇に触れて離れていく。

わずかなあいだ、見つめ合う。

それから二藍は、低くささやいた。

「行ってくれ」

「……うん」

涙の声が落ちる。見つめ合ったまま、手と手をとる。濡れた頬に笑みを浮かべる。綾芽の唇が、祭主を送りだす言葉を紡《つむ》ぐ。

ひときわ強く風が吹きぬける。

淡雪《あわゆき》のごとく花が散る。舞いあがり、さやさやと足元に降りつもったときには、綾芽の前には誰もいなかった。

ただひとりで、眩《まぶ》しい景色の只中《ただなか》に佇《たたず》んでいた。

「また、会えますように」

空の両手からぬくもりが去ってゆく。逃すまいと握りしめる。

「あなたとの約束を、今度こそ、必ず果たせますように」

心から祈る。神へではなく、自分自身に、決意として祈る。

そして口を引き結び、駆けだした。

もはや花など一顧《いっこ》だにせず、拝殿の壊れた屋根をひたと睨《にら》んで駆けていった。

崩れた渡殿《わたどの》を飛び越え、回廊の折れた柱をくぐり抜け、拝殿の前に広がる白砂敷きの庭へと飛びこむ。

そこは、さきほどの騒ぎが嘘のように静まりかえっていた。

瓦礫《がれき》が散らばり、死んだ幻の女官の血で染まり、凄《すさ》まじいさまを呈しているのは変わらないものの、その惨状を招いた元凶たる海蛇の神の巨大な姿は消えている。

残っているのは、小さな海蛇が泳ぐ手水鉢《ちょうずばち》。

それを囲む、ぼろぼろの衣を引きずった鮎名《あゆな》や常子、女官たち。

そして殿上にて、なにひとつ変わらず立っている玉盤の神だけだった。

鮎名は、綾芽の姿に気づくや、はっと腰をあげた。

「綾芽！　……二藍は」

「お会いできました」綾芽は抑えた声で告げた。「そしてさきほど、一足はやく『夢のうち』の外へとお戻りいただきました。今はわたしが、この場の祭主です」

「……そうか」

その声音に綾芽は悟った。二藍との再会がほんのわずかな刻しか許されないと、鮎名は知っていたのだ。綾芽がこうする他ないとみな知っていた。

「大儀であった」

鮎名は土埃《つちぼこり》と血で染まった袖で、うつむく綾芽を包みこむ。それから跪き、祈るように言った。

「終わらせよう」

綾芽は唇を嚙み、涙を落としてうなずいた。

そうだ、終わらせよう。

最後の役目を果たそう。

ひとり階《きざはし》のたもとに立つ。殿上を睨みあげる。

拝殿の中心にあったはずの神座は、もはやその残骸と化している。壊れた調度にまみれた厚畳《あつじょう》のうえに、号令神は無傷で立っている。『夢のうち』に入った瞬間と同じ立ち姿で、袍にはわずかな汚れもなく、ただ血の滴《したた》る太刀を手に、まっすぐ虚空《こくう》を見つめている。

右隣には、瞼をとじた記神《きしん》。

左には、小さな鈴をいくつも縫いこんだ、美しい漆黒の衣をまとった夢現神の姿がある。

その鈴が、ちりり、と鳴ったのが合図のように、夢現神の感情の失せた瞳が綾芽へ向く。

言葉はない。玉盤神の言葉は、神ゆらぎの口を通してしか人に伝わらない。

だが綾芽は、夢現神がなにを求めているのかを悟った。

「……この恐ろしい行く末を作りだしたのは誰なのか。それを答えてほしいんだろう」

夢現神の長い睫毛《まつげ》がかすかに揺れる。

「ならば、答えてやる」

懐から笄子《かんざし》を手にして、握りこむ。一歩一歩、壊れた階を踏みしめる。見送る人々の声なき思いに支えられ、殿上へのぼっていく。

夢現神は待っている。

傾《かし》いだ階をのぼりきり、廂《ひさし》を渡る。幻の屍《しかばね》が散乱している。見知った人々の虚《うつ》ろな瞳が、綾芽を眺めている。惑いも動揺もしなかった。号令神へと切なく腕を伸ばした自らの屍さえも踏み越えて、神々の前に立った。変わらず号令神は虚空を見つめ、記神は瞼を伏せている。唯一綾芽を見つめる夢現神に、挑《いど》むように投げかける。

「夢現神よ。新たな祭主たる朱野の綾芽が、あなたの問いにお答えいたそう。このように国を滅ぼしうる者は誰なのか、それは――」

綾芽は胸を大きく反らした。

「いない。そのような者は、いない」

夢現神は瞬いた。

なにを言われているのか理解できない、とでもいうように。

しかし次の瞬間、綾芽はうめいて片膝をついた。背中に岩を乗せられたように身体が重い。悪寒《おかん》が衝《つ》きあがってくる。立っていられない。

夢現神は、綾芽の意志を押しつぶそうとしている。心を折り、求める答えを言わせるつもりなのだ。

「……なるほどな」

だがかえって綾芽は、食いしばる歯の間から笑いを漏《も》らした。

「こんなふうにわたしの心を折ろうとしてくるってことは、つまり、わたしの答えは、あなたにとっても『間違い』ではないんだな」

もし『こんな惨状を作りだす者などいない』という答えがまったくの見当外れならば、夢現神は違うとあっさり否定したはずだ。だが夢現神は、綾芽に物言わせぬようにしている。自らの信じる主張を貫けぬようにして、諦めさせて、『さきほどの答えは間違っていました。正しくは、号令神がこの惨状を作りだしたのです』と言わせようとしている。

それこそが、綾芽の示した答えもまた、ある意味正解である証《あかし》。

二藍の策が成り、みなが信じた道が拓けうるという証。

ならば。

神命に屈しつつある身体を奮いたたせ、綾芽は勢いつけて顔をあげた。

「この惨状を作りだした神などもとよりいない！　絶対にこんな未来はやってこない。号令神なんてはじめからいないんだ。いないものが滅国を告げることなどできない。国を滅ぼすことなどできはしない！」

夢現神は微動だにしない。代わりに愛しき男の声が、似ても似つかぬ口調で降ってくる。

「なにを申す。ならばここにいるわたしは何者ぞ」

とたんに悪寒はいや増して、たまらず綾芽は両手をついた。握りしめていた笄子《かんざし》が転がっていく。

「それは……」言葉が出ない。出ない言葉を振り絞る。「知らない。お前など見たこともない」

「ならばこの惨状はなんと見る。誰がお前を殺した。誰がお前の血に染まる太刀を携えている」

「知らない」

「よく見よ。己の目で確かめ答えよ」

誰にも触れられていないのに勝手に顎《あご》があがる。目をつむっていたいのにできない。神命に抗いきれず、瞳に二藍の姿をした神が映る。

綾芽の血が滴る太刀を手にして、綾芽を冷たく睥睨《へいげい》している。

「我が名を申せ、女」

号令神。その名前が喉までせりあがってくる。口がおのずとひらいていく。させじと綾芽は歯を剝いた。

「知らない！　お前の名など、わたしは知らない」

落ちた笄子を手探りで拾いあげ、摑みとる。胸に押しいただく。震える膝に力を込めて、立ちあがる。

「わたしが知るのは、お前と瓜《うり》二つで、まったく異なる男だけだ。我が夫、二藍だけだ」

「そのような男、もはやおらぬ」

「笑わせるな」

笄子を握りしめた腕を、いっぱいに伸ばす。笄子の飾りが、破れた屋根越しにさしこむ光に輝く。

銀の鶏《にわとり》がきらめく。

「ここにおらずとも、あのひとはいる。わたしたちを待っている」

必ず、この悪夢を抜けたさきで待っていてくれる。

悪寒はとまらない。とまらないどころかひどくなっている。号令神の視線はひたと綾芽を捉えている。夢現神も、いつのまにか記神までもが目をかっとひらき、綾芽を見つめている。

それればかりではない。

三柱《みはしら》の神の背後に人影がある。点定神《てんじょうしん》に定神《じょうしん》、すべての玉盤の神々が並び立ち、石の瞳を綾芽にぴたりと据えている。さまざまな装束に身を包んだ老若男女が綾芽を見る。玉盤の神の瞳に射貫《いぬ》かれる。

汗が噴きだす。息があがる。ただの理、かつての神ゆらぎの末路、救われなかった人々。激しい震えが走り抜ける。認めがたい感情が雪崩《なだれ》となって押しよせる。

悔しい、憎たらしい。怖い、恐ろしい。

逃げだしたい。なにもかもなかったことにしたい。

(それでいい)

笄子《かんざし》を握り直し、深く息を吸いこんだ。

弱くていい。恐れも、醜さも、すべてがわたしだ。

そのうえで、わたしは逃げない。

成し遂げる。

「……もう一度だけ、物申す。玉盤の神々よ、よく聞け」

神々を眺め渡して、掠《かす》れた声を張りあげた。

「このような行く末をもたらす神など、もとよりいない。この『夢のうち』は、『いない神が、もしいたならば』起こりえた我らの末路。だがこの幻は、けっしてまことの我らの前には現れない。我らがこの夢から覚めたとき、神もまた消えるからだ。もはや人の世に号令神は必要ない。新たな玉盤神もいらない。我らは我らの足で、さきへと歩む。歩むことができる」

「――それが、答えか」

号令神の口から、男と女の声が漏れる。号令神と夢現神の声音が重なり合っている。次第に他の声もが集まって、すべての玉盤神が綾芽に問いかける。

『それが、理のうちに見いだされる、ただひとつの答えか』

綾芽は息を呑みこんだ。

脂汗《あぶらあせ》の滲んだ蒼白な顔に、微笑みを浮かべた。

「そうだ。我ら人が見いだした、ただひとつの答えだ」

理のさきに見いだした、我らの意思だ。

「——然《しか》り」

一言、夢現神が応えた気がした。

その美しくも幼い顔に、微笑が浮かんでいるようにも見えた。

夢現神だけではない。記神も、定神も、綾芽に微笑みかけていた。人であったころのやわらかな笑みがあった。

そんな気がした。

しかし目を凝らしたときには幻はかき消えて、玉盤の神々の姿は失せていた。

身体のうちを、なにかが通り抜けていく。

ひとつ瞬《まばた》く合間に、瓦礫も、屍も、すべてが霞《かす》んで、消えてなくなる。

『夢のうち』が終わる。

いつしか綾芽は、ぼろぼろの装束を引きずって、傷ひとつない拝殿に立っていた。

夢現神も、記神も、もういない。荒れた神の気配も失せている。

ただ濃紫の衣をまとった男だけが、綾芽の前に立っている。

太刀を抜き放ち、綾芽に振りおろすその直前でとまっている。

その瞳は石のよう。

なんの心も見当たらない。

だが綾芽は呼びかけた。銀の笄子《かんざし》を掲げたまま、静かにささやいた。

「二藍」

声は掠れて、ほとんど音にならない。それでも呼びかける。

「二藍」

男の濃紫の袖がかすかに揺らいだ。揺らいで、太刀を持つ手がゆっくりとおろされる。

石の瞳が光を宿し、細まる。

男は太刀を置いた。そして笄子を握る綾芽の手を、両手でそっと包みこんだ。

「成し遂げたのだな」

すべてを悟った綾芽の頰を、大粒の涙が流れ落ちてゆく。

「……うん」

「信じていた」

二藍は綾芽をやさしく引き寄せる。

もう我慢できなくて、綾芽は胸に縋って泣き崩れた。

終わった。終わったのだ。

号令神はいなくなった。もとよりいないものとなった。人としての二藍だけが残った。

だから兜坂国は滅国しない。

二藍はこれから人として生きてゆく。兜坂国とともに歩んでゆく。

綾芽の役目は、終わった。

「綾芽、二藍！」

鮎名が、常子が、人々が、歓喜の声をあげて駆けあがってくる。綾芽と二藍を囲み、抱《ほう》擁《よう》する。

「本当によくやった、よくぞ成し遂げた。お前のおかげだ」

みなに撫でられ、感謝され、綾芽は気恥ずかしくなった。

「いいえ」と二藍の腕の中で、白い顔をして笑う。「みなのおかげです」

そうだ、綾芽は最後の一押しをしただけ。物を申したのは綾芽ではない。綾芽を信じて支えてくれたすべての人々の意志が、絶対の理を退けた。

（だけど、みんながこうして喜んでくれるのは嬉しいな）

二藍の温かい腕にもたれながら思う。鮎名や常子が、こんな晴れやかな顔をしているのを久しぶりに見た。千古《ちこ》が目を赤くしているのなんて驚きだし、それを言うのなら、二藍は涙を隠そうともしない。

（よかった、あなたはちゃんと泣けるようになったんだな）

もう綾芽が代わりに泣かずとも、二藍の心は癒《い》やされるのだと気がついて、肩から力がふと抜ける。

「綾芽、顔色がひどく悪い。すこし休むか」

気遣う二藍の声が降ってくる。

「そうできれば嬉しいけど……いいのかな」

「もちろんだ」と鮎名と常子も言う。「喜びのあまり騒ぎすぎて悪かった。大儀だったのだから、まずはゆっくりと疲れをとってくれ」

「二藍さまもお疲れでございましょう。どうぞご一緒に」

「だそうだ。ありがたく休もうか」

「……じゃあそうさせてもらう。だけど……」

瞼が落ちて、言葉が続かない。「案ずるな」と二藍のいたわる声が遠くに響く。

「わたしはずっとそばにいる。お前が目覚めたとき、必ず傍《かたわ》らにある。ゆえに心安くして眠るとよい」

――違うんだよ。

まどろみに抗えずに眠りに落ちてゆくなか、綾芽は思っていた。

（そうじゃないんだ、わたしが言いたかったのは逆なんだ）

そばにいなくていい。二藍は、綾芽が起きるのを待つ必要なんてない。

(わたしはきっと、もう目覚めないから)

物申としての力を使い尽くし、このまま眠るように世を去るだろうから。

先日羅覇《らは》は、友人としてはっきりと教えてくれた。

――物申として号令神を退けたとき、あなたの身になにが起こるかはわからない。もしかしたら朱之宮《あけのみや》のように深い眠りに落ちて、そのまま命を落とすかもしれない。

――今まではなんともなかったのにか。

――それはあなたが、まだやるべきことがあると思っていたからよ。あなたの悲願は、二藍さまを人とすること。

――その悲願が叶ってしまえば満足してしまって、目覚めないかもしれないと。

ありえるかもしれないな、と綾芽は思った。なのに羅覇は、自分で言いだしたのに縋るような目をして否定する。

――いいえ、死なないわ。二藍さまとあなたの悲願は、二藍さまを人にすることじゃない。ふたりでともに生きることでしょう? あなたはここで死んじゃだめなのよ。

なんだ、心配してくれてるのか、と笑いながら綾芽は答えた。

――そうだな、死んでる場合じゃないな。だから大丈夫だよ。

そのときは本当に、死ぬわけないと思ったのだ。

(でもやっぱり、だめみたいだ)

なんだか疲れて、起きていられない。

だから眠る前に、二藍に自分の言葉で伝えたかった。

あなたはもう人だ。人として、どんな御方とも寄り添い生きていけるんだから、物知らぬ田舎《いなか》娘なんかを待ってくれなくてもいい。ずっとつらい思いをして、いろんなことを我慢してきたんだ、今度こそ幸せになってほしい。

覚えていてくれればそれでいい。

そう伝えて、ちゃんと安心させたかった。うしろを振り向かずに生きてほしかった。

なのに。

(言えなかったな。待っていなくていいよ――なんて、本当は心にも思ってもないから)

綾芽はすこし笑ってしまった。

銀の笄子《かんざし》は、死んでも手放せない。

わたしはやっぱり、欲張りみたいだ。

終章　神招きの庭にあやめ咲く

「あのさあ、そんなに根詰《こん》めてどうすんの」

背後で呆れたような声がして、二藍《ふたあい》はいっとき筆をとめた。ちらと見れば、筆頭《ひっとう》女官である佐智《さち》が、折敷《おしき》を捧《ささ》げ持った須佐《すさ》を連れて几帳《きちょう》の向こうに立っている。

「なにか用か」

「見りゃわかるでしょうが。須佐が美味《うま》い飯を作ってきてくれたよ。ちょっと手をとめて、食べてみたら？」

「今はいらぬ。あとで賞味させてもらうゆえ、そのあたりに置いておけ」

そう言って書き物に戻ろうとしたのだが、そのときには佐智は勝手に室《へや》に入りこんで、さっさと食事の準備を始めていた。

「……あとにすると言ったのだが」

「そんなわがまま通らないに決まってるだろ。あんたさ、もう神ゆらぎでもなんでもないんだから、あんまり無理をすると普通に身体を壊すよ」

「壊さぬ。むしろ今のほうが身体の調子はよい」

「とか神祇宮《じんぎのみや》さまは仰《おつしや》ってるけど、どう思う、須佐」

「召しあがるべきかと思います」

と須佐はいっさい忖度《そんたく》することなく言った。「目覚めたとき、もし二藍さまが床《とこ》につかれていらっしゃるようでは、綾芽《あやめ》だって悲しみますよ」

その名を出されては、と二藍はひそかに息を吐きだす。

なにも言いかえせないではないか。

「案じずともよい。そのような無様は晒《さら》さぬようにするゆえ、御膳は一度さげて――」

「綾芽はちゃんと食べてくれたのに」

「……なんの話だ」

「前、綾芽が落ちこんでるとき、同じようなことを言ったんです。綾芽がご飯を食べずに倒れたら、二藍さまは悲しむよって。そしたら綾芽、二藍さまを悲しませることなんて絶対できないって頑張って食べてました」

「……わかった、今賞味しよう」

二藍はしぶしぶ筆を擱《お》き、用意された御膳に向き直った。心が晴れず、食欲もなく、だからこそ仕事に没頭したかったのだが、そんな思惑《おもわく》は二藍の配下であり、綾芽の友人であるこの女官たちもお見通しらしい。放っておいてくれない。

──そういうところは、さすがあの娘の友と言うべきか。

寂《さび》しい感慨《かんがい》にふけりつつ、箸《はし》を口に運ぶ。実際空腹ではあったらしく、食は進んだ。平らげるころには、わずかばかり心が落ち着いた気もした。そんな自分に、どこか後ろめたさを感じる。

「いかがでしたか」

「美味だった。また腕をあげたようだな」

素直に賞賛すると、須佐は嬉しそうにした。

「ありがとう存じます。あの、二藍さま」

「なんだ」

「綾芽の目が覚めたら、すぐに呼んでくださいね。わたし、とびっきりおいしい粥《かゆ》を作ってあげるので」

「……覚えておこう」

ぜひに、と須佐は念押ししてさがっていった。

「あの娘は、綾芽が目覚めると信じて疑わないのだな」

「え、あんたは疑ってるの？」

「まさか」

佐智の冷たい視線に答える。疑うわけがない。誰が諦《あきら》めても、二藍だけは諦めない。

だが。

「……だが、もうすぐひととせが経《た》ってしまう」

綾芽が号令神《ごうれいしん》を退《しりぞ》けて、兜坂《とさか》を滅国《めっこく》の淵《ふち》から救ってまもなく一年。あの日、崩れるように眠りに落ちた綾芽は、いまだに目覚めない。

目覚めないどころか。

「まだ刻《とき》はございますよ、神祇宮」

佐智は神祇宮付き筆頭女官としての、改まった口調で諌《いさ》めた。

「宮のみならず、わたくしも、須佐も、斎庭《ゆにわ》の誰しもが、あの方は目覚められると信じております」

「……わかっている」

二藍は背を向けた。その背中を眺めて佐智は、嘆息交《たんそくま》じりに言う。

「もうすぐ妃宮《きさきみや》が、綾芽のお見舞いにいらっしゃるってさ。正直今のあんた、人をお迎えするってツラじゃないから、顔でも洗ってしゃきっとしてきたら」

放っておけ、と二藍は立ちあがる。

「妃宮をお迎えする準備をいたせ」

「どこいくの」

「すこしばかり綾芽に会ってくる。妃宮がいらっしゃるのなら、顔を拭《ぬぐ》ってやらねば」

自分の顔も洗っときなよ、との呆れ声を背に、ひとり綾芽の室《へや》へと向かった。簀子縁《すのこえん》を歩いていると、視界の端に鮮やかな紫がさしこんでくる。

菖蒲《あやめ》の花だ。

国に戻ってきた二藍は、正式に春宮《はるのみや》の位《くらい》を二《に》の宮《みや》に譲った。そしてかつての住まいである東の館に腰を落ち着け、再び神祇の務めに励んでいる。

庭に植えた菖蒲の群生は、今が盛りだった。天を刺すようにまっすぐに伸びた茎のさきで、深い紫の花がほころんでいる。

凜《りん》と咲き誇っている。

「この花が咲くまでには、と思っていたのだが」

つい独り言が漏《も》れた。

綾芽は東の館の一室にいる。二藍は忙しい日々の傍《かたわ》ら、朝晩欠かさず綾芽のそばで過ごしていた。今日の出来事を話して聞かせ、どれだけ綾芽が目覚めるのを待ちわびているのか、思いの丈《たけ》を語り続けた。

それだけが綾芽が目覚める唯一《ゆいいつ》の道だと羅覇《らは》は言っていた。まだ逝《ゆ》くときではないのだと、綾芽を必要とする者がいるのだと何度も伝えることだけが、綾芽をこの世に引き留める術《すべ》なのだと。

はじめは至極《しごく》容易だと思ったのだ。言われるまでもなく、二藍には綾芽が必要だ。いくらでも伝えよう。そもそも綾芽のほうも、二藍に必要とされていると重々承知しているはずだ。この真心は容易《たやす》く届き、すぐに戻ってくるに違いない。

だがひと月経っても、ふた月経っても、綾芽は目を覚まさなかった。

「綾芽、入るぞ」

声をかけて、御簾《みす》をくぐる。涼やかな風が吹きぬける母屋《もや》の中心には褥《しとね》がのべてあって、そこに綾芽は横たわっていた。

「妃宮が見舞いに来てくださるそうだ。佐智が毎朝清めているのは知っているが、顔くらいはわたしに拭《ふ》かせてくれ」

手水鉢《ちょうずばち》に浸《ひた》した布を絞り、綾芽の頬を拭う。眠りに落ちてからずっと、綾芽は息をしていない。なにも食べずとも痩《や》せ衰《おとろ》えないが、身じろぎすらしない。だから本当は眠っているというより、ほとんど死んでいるのだろう。

ただ身体は温かった。だから二藍は望みを捨てずに待ち続けてきた。

だがそのぬくもりも、近頃はすこしずつ抜けていっているのがわかる。

「綾芽」

布を置き、二藍はじかに綾芽の頬に触れた。その肌はひやりと冷たく、胸が軋《きし》む。

「もうすぐお前が眠ってひととせが経つ。そろそろ、目を覚ましてみてはどうか。そうでもせねば、羅覇が国に帰ってしまうぞ。そのまえに一度は会っておきたいだろう?」

先日会ったとき、羅覇は痛切な表情でこう言った。

一年が経っても綾芽が目覚めなければ、もう望みはない。身体はすっかり冷え切って、腐りはじめるだろう。

そうなったら首を刎《は》ねてくれというから、二藍はいらぬと返した。そしてもし綾芽が身《み》罷《まか》ったとしたら、すぐさま国へ帰るように命じた。不幸を増やすつもりはない。鹿青《かせい》は、羅覇の帰りを待ちわびている。鹿青のもとに羅覇を無事に返すことこそが、綾芽の望みのはずだった。

「無論、羅覇が国へ戻ろうと心配はいらぬよ。さまざまなことが、よいほうへ進んでいるからな」

綾芽の髪を梳《くしけず》る。

「眠っていて聞こえなかったかもしれぬから、近頃の出来事を今一度語ってきかそうか。十櫛《とくし》は正式に八杷島《やはじま》の大使となったのだ。これからはあの男が、我が国と八杷島の間をうまく取り持つだろう。ゆえに羅覇へ文《ふみ》を書けば、すぐに十櫛を通じて返事が来る」

それから、と懐から短刀を取りだしてみせる。生母が二藍に遺《のこ》した短刀だ。二藍のもとにやってくるまでに長い刻がかかった。

すこしばかりは、二藍の代わりに母や綾芽を守ってくれたのだろうか。

「お前の妹も、紡水門《つむぎのみなと》でよく励んでいるそうだ。先日紡の郡領《ぐんりょう》と、我が母の玉瓮《たまがめ》を割る日取りを決めた。そのときは、わたし自《みずか》ら紡水門へ赴《おもむ》くつもりだ。できればお前も同行してほしい。我が母の玉瓮をともに割ってほしい。そしてお前の妹に、わたしを引き合わせてくれまいか」

綾芽は動かない。胸はわずかにすら上下しない。その動かぬ胸の上で握られた、笄子《かんざし》に二藍は目を落とす。

「外庭《とつにわ》と斎庭《ゆにわ》は相変わらずだが、いくつか移り変わりもあった。まず妃宮は……いや、これは、妃宮ご自身がお話しくださるだろうからわたしの話をしよう。わたしは二の宮に春宮の位をお譲りしたよ。だが案ずるな、大君《おおきみ》はわたしに、神祇宮なる位を新たに与えてくださった」

大君は、二藍を一介の王族には戻さなかった。

「神祇宮とは、神祇に関してのみ春宮の代わりを務められる新たな位なのだ。そしてこの神祇宮は、本来大君と春宮にのみ許される神招きをも担《にな》うことができる」

大君は二藍にこう言い渡した。お前を遊ばせておく余裕はない。お前はこれからも、神を招き、もてなす者で居続けるのだ。兜坂の神は、お前が神祇を担うを拒《こば》みはしないであろう。

――このさきの一生を神祇に捧《ささ》げよ。お前とその妻は、そのために生きているのだ。

「……だからお前は、今も神祇に関わる妻妾《さいしょう》なのだ。我が妻として神を招き、もてなす者だ。お前が神祇宮妃《じんぎのみやひ》として斎庭に戻り、神を招く日を、みなが待っている」

号令神を巡る戦いは終わった。『最後の号令神』がいなくなってしまったから、もはや二度と新たな号令神は生まれないだろう。

それでもすでにある玉盤神《ぎょくばんしん》は変わらず兜坂を訪《おとな》い、理不尽を強《し》いてくる。兜坂の神はなおさらだ。今年も嵐は生じ、かと思えば日照りが続く。山が火を噴く日も、地が揺れる日も遠からず再び来る。

斎庭はこれからも神と対峙《たいじ》し続ける。神を見つめ、向かい合い、人の利を得るために足《あ》掻《が》き続ける。

「お前の力が必要なのだ。お前は斎庭の先頭に立ち、みなを率いてゆかねばならぬ。無論ひとりではない、妃宮や高花《たかはな》のおん方や、尚侍《ないしのかみ》がいる。それに、わたしもいる」

だから、と二藍は綾芽の冷たい手を握りしめた。

「目を覚ましてくれ。わたしの隣にあってくれ。約束しただろう。この国には……違う、わたしには、お前が必要なのだ」

握った手に額《ひたい》を押しつける。

「綾芽、どうかわたしを呼んでくれ。わたしは待っている。ここで、いつまでもお前の帰りを待っている」

応《こた》えはない。

風が吹きぬけてゆくばかり。

やがて佐智の抑えた声が妃宮の到着を告げて、二藍はようよう顔をあげた。綾芽の額をそっと撫でて、うなだれ立ちあがった。

「わざわざお越しいただき感謝いたします。牛車《ぎつしや》に揺られて、お身体に差し障《さわ》りがございませんでしたか?」

「いや。すぐ近くだしまったく問題ない。むしろ外に出られてせいせいした。桃危宮《とうきぐう》にいると、高子《たかこ》殿も常子《つねこ》も休め休めとうるさくてかなわない。無理などしていないのに」

丁重《ていちょう》に出迎えると、鮎名は大げさに嘆息《たんそく》した。致《いた》し方《かた》ありますまい、と二藍は鮎名の手をとり先導する。

「常のあなたの無茶を存じあげていれば、みなが案ずるのも至極道理」

「そういうお前はたいして心配していなさそうだな」

「まさか。たいへん気にかけておりますよ。なんせ参内《さんだい》するたび、無理をさせるな、鮎名《あゆな》が無理をしたならばお前の責めであるぞと大君に厳しく申し渡されておりますゆえ」

「はあ、大君に命じられたから、仕方なくというわけか。お前らしいな」

「そういうことにしておいてください」

「照れ隠しか」

「あなたに言われたくはありません。あなたとて、わたしにだけこの慶事をいつまでも黙っていたではないですか。佐智でさえ知っていたというのに」

「それはだって……いや、すまぬな」

と鮎名はつぶやいて己《おのれ》の腹に手を置いた。

「まあよいですよ」と二藍は足元に目を落とす。

鮎名と大君が黙っていたわけはわかっている。弱ってゆく綾芽を前に悲嘆《ひたん》に暮れている二藍を慮《おもんぱか》ったのだ。そんな気など遣《つか》わずともよいのに。

「しかし楽しみですね。きっと女の御子が生まれるでしょう。女王を目指すか、はたまた神祇の希有《けう》なる才を見せるか」

「気が早いぞ。そもそもなぜおなごだと思う」

「それは無論、いよいよ我ら王族にかかる呪いが解けて、朱之宮《あけのみや》以来のおなごが生まれるとすれば今に違いないからですよ」

「どうだかな」と鮎名は金の鶏《にわとり》の笄子《かんざし》を揺らした。「わたしはおなごの親になるのは二藍、お前だと思う」

「……わたしですか」

「そうだ。お前と綾芽の子こそが、朱之宮以来はじめてのおなごにふさわしい」

　そうではないか、と言いかけた鮎名は、うつむく二藍の横顔に気づいて言葉をとめる。

「綾芽は思わしくないのか」

「ええ。身体は日に日に冷えてゆきます」

「まさか諦めるのか？　まだひととせには早いだろう？　望みが尽きたわけではない」

「興奮なさいますな」食ってかかってきた鮎名を、二藍はなだめた。「無論仰《おお》せのとおりです。わたしは諦めません。ただ」

「ただ?」

「……いえ」と言葉を濁して、綾芽の眠る室《へや》の御簾に手をかけた。「どうぞ、綾芽にお言葉をかけていただけますか。きっと喜び――」

そして声をなくした。

「どうした?」

御簾を持ちあげたまま身動きしない弟宮を、鮎名は怪訝《けげん》に見やる。

「いったいなにが――」

「いない」

「……は?」

「綾芽がおりません」

そんな、と覗《のぞ》きこんだ鮎名もまた絶句する。

確かにそこには誰もいなかった。身体にかけられていたはずの絹の衣《ころも》は折りたたまれ、横たわっていたはずの娘の姿はどこにもない。

「なぜだ。さきほどまでは確かに……」

言いかけた二藍は、はっと息を呑んで振り返った。

その瞳は、大きく見開かれた。

*

あれ。

綾芽は目を瞬《しばた》かせた。

ここはいったい、どこだろう。

目覚めた瞬間飛びこんできた光景があまりに立派で、夢を見ているのかと思った。それで一度目をとじたのだが、念のためそうっとひらいてみれば、やはりそこには信じがたい御殿《ごてん》が広がっている。

それですっかり目が覚めた。いったいここはどこなのだ。こんな立派な白木の丸柱、朱之宮の陵《みささぎ》を望む拝殿でしか見たことがないし、ひょっとしたらあの拝殿よりも立派かもしれない。掃除もよく行き届いていて、一見するだに品のよい、美しい色合いの几帳がそこかしこにあるし……と戸惑《とまど》い身体を起こして驚いた。

綾芽が寝ているのは、貴人がお休みになるような、立派な褥の上ではないか。しかもどう見ても絹でできている、つややかな衣が打ちかけられている。

(なにか悪いことをしたのかな、わたし)

不安になってくる。綾芽は拾い子だ。藁《わら》の褥でしか眠ったことがないし、そもそも養父の郡領《ぐんりょう》だって、これほどの褥で夜を明かせはしない。そんな代物《しろもの》に横たわっている理由なんて、これからなにかしらの罰として、生け贄《にえ》にされるのだろうくらいしか思いつかなかった。斎庭《ゆにわ》に勤めたいと願いでた綾芽に、養父は散々言っていたではないか。お前が斎庭にのぼったところで、神への供物《くもつ》として喰われる役目くらいしか任されぬだろう、と。

(でも那緒《なお》は、人を供物にするなんておぞましい祭礼は、絶対斎庭では行われないって言ってたけどな)

死んでしまった那緒は、いつも教えてくれた。斎庭とは養父が言うような場所ではない。心強き者が、民《たみ》のために頭を捻《ひね》り、身を削って働く場所。気高《けだか》き人々の生きる場所なのだ、と。

あれはいつのことだろう。

よく思い出せない。

「……とにかくこんなところに寝てるわけにはいかないな」

褥に皺《しわ》をつけないよう、そうっと起きあがる。自分がなぜこんな御殿で寝ているのかはさっぱり思い出せないものの、ここが自分の居場所ではないのは間違いなかった。誰かに見つかったらこっぴどく叱《しか》られる。とにかく抜けださなくては。

来ている夜着も上等で気後《きおく》れしたが、さすがに脱ぐわけにはいかないから致し方ない、夜着ひとつでそろりと御簾をくぐって外に出た。青々と晴れている。よい季節だ。

しかしどちらへゆけばよいのだろう。このような屋敷などついぞ足を踏みいれたことがなく、綾芽は戸惑った。なんにせよ、綾芽はこの殿上《てんじょう》に生きられるような身分ではないから、庭へおりればよいだろうか。と室《へや》に面した庭へ目を向けると、眩《まぶ》しい紫が目に飛びこんできた。

（菖蒲《あやめ》の花だ）

本物の両親が唯一綾芽に遺《のこ》した『あやめ』の名は、この美しい花からとったという。天にのびあがる紫。

力強く、やわらかい。

父と母は、綾芽にそんな人に育ってほしかったのだろうか。

などと考えていると、どこぞから人の声が聞こえてきて、綾芽は焦《あせ》った。向こうの渡殿《わたどの》から麗《うるわ》しい姿の男女が連れだって歩いてくる。女人《にょにん》は身重のようだから、夫婦だろうか。遠目にも貴人とわかる所作《しょさ》と装《よそお》いだ。

誰だろう、と身を強《こわ》ばらせたとき、ふいに手になにかを握りしめていると気がついた。掌《てのひら》をひらいてみれば、銀色の鶏《にわとり》の飾りがついた、立派な笄子《かんざし》だった。いつから持っていたのだろうと怖くなる。放りだしてしまいたいのに、なぜか手放せない。どうしよう。こんな立派なものを、勝手に持ちだそうとしているとあちらのふたりに思われてしまったら——。

（叱られる）

とっさに隠れるところを探した。だがよい場所が見つからない。今さら褥に戻るわけにもいかない。ならばと、さきほど目についた菖蒲の群生のほうへ駆けおりた。青の濃い茎葉の陰に身を隠す。

すぐに男女は近づいてきた。男は浮かない顔をしている。女のほうは、そんな男をどうにか励まそうとしているようだがうまくいっていない。やがてふたりは、さきほどまで綾芽が眠っていた、まさにその室《へや》を覗《のぞ》きこんで顔色を変えた。

誰かを探している。わたしを探しているに違いない。逃げだしたと気づかれてしまったのだ。

焦燥《しょうそう》が募《つの》る。だがそれよりもさきに疑問が膨《ふく》らんでゆく。知りたくてたまらなくなる。

あのひとは誰なのだろう。

濃紫《こきむらさき》の袍《ほう》をまとった、束髪《そくはつ》の、あの男のひとは。

なぜか知りたい。知りたくて胸の奥底が疼《うず》く。駆けだしたくなる。

落ち着かなければと胸を押さえた拍子《ひょうし》、銀の笄子《かんざし》がきらめいた。
そうだ。
思い出した。
あれはわたしの――。
紫の花々を背に立ちあがる。
愛《いと》しき男の名を呼ぶ。
「二藍」
二藍は、はたと振り返った。綾芽の姿を黒き瞳に映した。
ふたりの足は地を蹴った。
駆け寄り、強く抱きしめ合う。
涙が輝き、笑みがあふれる。
青空にあやめの花が、くっきりと、どこまでも眩《まぶ》しく映《は》えていた。

楯磐王《たていわおう》の御代《みよ》より、兜坂国《とさかのくに》は興隆《こうりゅう》の時代を迎えた。とくにそのはじめ、初代の神祇宮《じんぎのみや》とその妃が斎庭《ゆにわ》を支えたころはおおいに栄えたという。

拾遺一　黒白と紫

綾芽《あやめ》が二藍《ふたあい》の名ばかりの妃《きさき》となってほどないころの話である。

ふと綾芽が外を覗《のぞ》くと、二藍はひとり、陽のあたる簀子縁《すのこえん》で外をむっつりと眺めていた。片膝《ひざ》を立て、その膝の上に肘《ひじ》をつき、さらには頰杖《ほおづえ》をつくという、いつでも垢抜《あかぬ》けたふるまいをする兜坂国《とさかのくに》の春宮《はるのみや》とは思えない姿だ。これは、と綾芽は察して歩み寄った。

「また逃げられたのか？」

日の光を眩《まぶ》しく照り返す白砂《しろすな》の上には、土器《かわらけ》がひとつ。煮つけた魚が載《の》っていたようだが、跡形もなくなっていた。

「そうなのだ。お前の助言どおり、持ちうる限りの馳走《ちそう》を用意したのだが」

「魚だけを奪って、早々にお帰りになっちゃったってわけか」

「つれないものだな」

と二藍は夏の庭を眺めて嘆息《たんそく》した。

つれないのは、二藍の飼っている猫である。名を黒白《くろしろ》という。さっぱりとした質《たち》の気ままな猫だったが、餌《えさ》をねだるときなどは、それはそれは愛らしかったのだ。

だが近頃は、ほとんど屋敷に居着かなくなってしまった。仕《つか》える女官総出で新たな寝床を用意するだの、美味な餌《えさ》で釣ろうだのいろいろ策を講じてみたものの、成果は一向にあがらない。それどころかここ数日は、こうして二藍自《みずか》らとっておきの餌を与えてもてなそうとしても、その場で喰わずに咥《くわ》えてどこぞに走り去る始末である。

「探してこようか？」

綾芽は、二藍をかわいそうに思っていた。黒白にもなにかここにいられないわけがあるのかもしれないが、二藍が黒白をことさら大切に扱ってきたのは確かだ。

しかし思いもよらず、二藍はあっさりと言った。

「いや、構わぬよ。ここまでしても逃げられるのなら、それだけ黒白の決意も固いのだろう。もう無理強《じ》いはせぬよ。生きたいところで好きに生きればよい」

「いいのか？　あんなに可愛がっていたのに」

ついこのあいだだって、数日の捜索と大捕り物の末にしぶしぶ縛《ばく》についた黒白を、嬉しそうに迎えていたではないか。

「つれない猫を追いかけ回しても、互いのためにはならぬよ」

「そうだけど……」

本心だろうかと考えてしまう。孤独で、長い間誰にも心をひらけず生きてきた二藍にとって、黒白とのふれあいは寂しさを癒《い》やすなにより得がたきものだったはずなのに。

(無理してるんじゃないか?)

このひとは、やせ我慢ばかりが得意だから。

しばし考え、綾芽は意を決して立ちあがった。

「まあいい、とにかくわたしは黒白を探してくるから」

「構わぬと言っただろう」

「あなたが構わなくたって、わたしは構うんだ。せめて黒白には、どこでなにをしてるのかくらいは白状してもらわなきゃ納得できない」

帰りを待ち望んでいる二藍のために、なんとしてでも戻ってきてもらわねば。

二藍はなにか言いたげに綾芽を見やって、やがて苦く笑った。

「……わかった。ならば任せる。頼んだぞ」

「え、神饌《しんせん》を融通《ゆうずう》しろですって?」

斎庭《ゆにわ》の一角、煮炊きの煙がもうもうと立ちのぼり女官たちがせわしく働く片隅でがばりと頭をさげると、須佐《すさ》は怪訝《けげん》な顔をした。少々小言が多めなこの年下の友は、綾芽の来訪を胡乱《うろん》に思っているようだ。

「お願いするよ、どうかこのとおり」

「なんであんたに融通しなきゃなんないのよ」

「いなくなった猫を探したい。神饌で釣ればおびきだせると思うんだ」

黒白を捕まえるのなら、まずはなんとか姿を見せてくれねばはじまらない。それで綾芽は膳 司《かしわでのつかさ》に脇目も振らず駆けこんだ。ここ膳司で調理される神饌は、それぞれの神のありように沿った極上の品だ。そして神というものは、その姿に応じた味を好むもの。であれば猫の姿をした神へ饗《きょう》される神饌ならば、本物の猫にとってもたまらぬ美味だろう。すこし分けてもらえたら、黒白をおびきだせるに違いない。

だが案の定、須佐はますますしかめっ面《つら》をした。

「あのねえ、神饌ってなんのためにあるか知ってる？　神をもてなすためよ。国のため民《たみ》のため、神を導くものよ。あんたの猫探しなんかに使えるわけないでしょうが」

それは仰《おつしや》るとおりで、綾芽は小さくなった。祭礼に捧《ささ》げられる神饌は、戦《いくさ》の武具に同じ。おいそれと手をつけることは許されない。

だがここで退《ひ》けないので、そっと、須佐の耳にこれぞという知らせをささやく。

「その猫、二藍さまがいたく可愛がられている猫なんだ」

「え、二藍さまが？」

たちまち須佐は、にこにこと笑みを浮かべて頰を押さえはじめた。

「やだ、それを早く言いなさいよ。わかったわ。味はいいけど見た目が悪くて神饌には使えない品があるから」

そしてすぐに包みを渡してくれた。奩《くしげ》の海で採《と》れた銀魚《しろがねうお》の乾物《ひもの》だという。頭と肝《きも》まできれいに除いてある。

「猫が見つかったら、やさしい須佐が手を貸してくれたって、二藍さまにちゃんとお話ししておいてよね」

釘を刺す須佐に絶対そうすると約束して、綾芽は膳司をあとにした。その足で、西の御《ぎょ》苑《えん》へと向かう。黒白は何度脱走しても、いつも西の御苑の築山《つきやま》近くで見つかるのである。今もきっと、そのあたりにいるはずだ。

さっそく御苑を囲む築地塀《ついじべい》の前で、須佐にもらった包みをひらいた。銀魚の香ばしい匂いがふわりと立ちのぼる。さすが神饌に選ばれる魚だけあって、匂いだけでも絶品だ。これなら黒白も心惹《ひ》かれるに違いない。

期待を込めて、離れたところからそっと包みの様子を見守った。

効果はてきめんだった。四半刻もしないうちに、築地塀の陰から見慣れた黒と白のぶち模様の猫がひっそりと現れる。

黒白は銀魚に鼻を近づけ匂いを嗅《か》ぐと、目を細めて口をひらいた。よし、と綾芽は腰を浮かせる。さすがの黒白も夢中になってしまうはず。食べているあいだに捕まえよう。

しかし、黒白はまたしても獲物を一口も食べずに、咥えて足早に走り去ってしまった。

「あ、待て！」

綾芽は急いで追いかけた。だが黒白はすばしこく、あっという間に築地塀の角を曲がってゆく。負けじと息を切らして走り、なんとか黒白の尻尾のさきが、築山へ続く木戸の向こうへ消えるのを目にした。逃がすまじと自分も木戸へと飛びこむ。どこだ——とあたりを見回し、綾芽ははっと動きをとめた。

前栽《せんざい》の陰に、猫の背が見え隠れする。背を丸めているぶち模様の猫。黒白だ。

その傍《かたわ》らにはもう一匹。

毛並みの悪く瘦《や》せ細った白猫が、同じように背を丸めて銀魚に喰らいついていた。

「それで結局、黒白は連れてこられなかったんだ」

夜、綾芽は二藍にしょんぼりと報告した。

黒白が屋敷に戻らないのは、あの白猫と過ごしたいがゆえだろう。気ままな猫が餌を分け与えるのだから、それほど大切な者なのだ。そう思ったら、仲を引き裂けなかった。

「二匹とも捕まえればとも思ったんだけど、白猫のほうは野良だからか、わたしの前に出てきすらしてくれなくて」

ごめん、と小さく謝ると、二藍は笑みを見せた。

「気にするな。それが黒白の望みなのならば、わたしも満足だ」

「あなたは、黒白があの野良猫のところに行ってるって気づいていたんだな」

「いつも餌を咥えて走り去るからな。どこぞに血縁か恋の相手か、友でもいるのだろうとは思っていた」

「……黒白は、あなたの友でもあっただろう」

いたたまれない気分で肩を落とすと、二藍はおかしそうに首を傾《かし》げる。

「なぜお前がそれほど落ちこむ」

「そりゃ落ちこむよ。あなたこそ、なんでそんなに笑ってられるんだ。大事にしていた猫に去られたのに、全然気にしてないみたいに」

「事実、まったく気にしてはいない」

「嘘つけ。いつも寂しそうにしてたくせに」

悲しげに空《から》の皿を見つめていただろうに。

唇を尖《とが》らせていると、二藍はおもむろに綾芽の袖《そで》に手を置いた。

「もう寂しくない」

「なぜだ」

「黒白は去っても、わたしには紫がいる」

「紫？　そんな猫、どこにいるんだ」

綾芽の知らないうちに、可愛らしい仔猫でももらってきたのだろうか。

「見えぬのか？　すぐそこにいる」

どこに、と眉をひそめてあたりを見回すと、二藍はますます笑って、高坏《たかつき》を引き寄せた。

朱色の高坏には煮つけた銀魚が彩りよく並んで、食欲をそそる香りを立ちのぼらせている。

「須佐がわたしにも銀魚を届けてくれたのだ。今年のものはなかなかの美味だというし、お前とともに賞味しようと思って用意しておいた。さ、いただこう」

笑顔で箸《はし》をさしだし勧《すす》めてくる。綾芽は釈然としないまま口に運んだものの、確かに銀魚は身が締まっていて味も濃い。

「本当に美味《おい》しい！」

つい目を輝かせれば、「だろう」と二藍も微笑む。

「かけがえのない者にこそ分け与えんとした黒白の心がよくわかる、それほどの美味だ」

確かにな、と綾芽は明るくうなずいた。

紫なる猫がいったい何者なのかに思い至って真っ赤になったのは、すっかり平らげたあとだった。

拾遺二　いつかのまどろみ

あるのどかな昼下がりのこと。綾芽《あやめ》は、二藍《ふたあい》がちょうど本日三度目の欠伸《あくび》を噛み殺したところで筆をとめた。

「なあ、すこし横になったらどうだ。疲れてるんだろう？」

だが隣に座った二藍はなんのことやらという顔をして、几《つくえ》に広げた綾芽の手習いをわざとらしく眺めはじめる。

「なかなかよい出来だが、この文字はもう少々縦《たて》に長いほうが見栄《みば》えがよい」

綾芽の手から筆をとり、さらさらと走らせる。気負いもなく動く筆先から現れるのは、綾芽のそれとは比べものにならぬ美しい墨跡。常ならば、つい見とれてしまうところである。

だが今日の綾芽はごまかされなかった。

「二藍、わたしちゃんと見てたからな。さっきから欠伸ばっかりじゃないか」

「見間違いではないのか」

「あのな、心配してるんだよ。あなたは働きづめだろう。ここのところ、昼はずっと鶏冠《けいかん》宮《ぐう》に参じていたし、夜も遅くまで神招きの祭礼を見回っていた」

今日になってようやくふたりの暇《ひま》が重なったからと、畳と几を廂《ひさし》に持ちだして半刻ほど。二藍は隠しているつもりだろうが、間違いなく疲れている。

それもそのはず。二藍は王族であり、神を招きもてなす神祇官《じんぎかん》の高官でもあるから、斎《ゆ》庭《にわ》と外庭《とつにわ》をひっきりなしに行き来して、目が回るほど忙しい。とくにここ数日は懸案《けんあん》がいくつもあったとかで、大君《おおきみ》のおわす鶏冠宮にほとんど詰めているようなものだったから、休息すらろくにとれていないはずだ。

「無理してわたしに付き合わなくていいんだよ。夕方になったら起こすから」

横にならせようと、濃紫《こきむらさき》の袍《ほう》を引っ張った。せっかく数日ぶりに一息つく暇がとれたのだから、今のうちに休むべきなのだ。

なのに二藍は、ますます渋い顔をした。

「わたしは眠らぬよ」

「なんでだ。ちょうど日差しも暖かいし、昼寝にぴったりの陽気じゃないか」

「せっかくの憩《いこ》いの刻《とき》がもったいない」

「昼寝ですっきりするなら充分有意義だろう？」

「昼寝などしたら瞬《またた》く間に夕方になって、互いに役目に戻らねばならぬではないか。せっかく久々にふたりで過ごせているのに」

「……そうだけど」

確かにこのごろそれぞれ忙しく、こうしてふたりきりでゆっくりする暇はほとんどなかった。だから今日、『昼下がりはゆっくりしよう』と二藍が言ってくれたとき、綾芽は心から嬉しかった。だから本当は綾芽だって、この刻がずっと続いてほしいのだ。手習いに興じながら、たわいもない話に花を咲かせていたい。

そんな誘惑を振りはらい、綾芽はそっと二藍の手から筆を取りあげた。

「それでも寝たほうがいい。疲れているあなたを見ているのは嫌なんだ」

二藍はいつも無理ばかりする。やせ我慢をさせたら右に出る者はいない。ちょっとやそっと具合が悪かろうと平気な顔をして、綾芽にすら悟らせまいとする。もし二藍がちょっと疲れているように見えるのならば、すでにとんでもなく疲弊《ひへい》しているのだ。

だからこそそばにいる綾芽が、ちゃんと休めと口を酸っぱくして言わねばならない。

しかしこの期《ご》に及んでも、二藍は一向に聞く耳を持とうとはしなかった。

「疲れていない」

「いいから横になってくれ。ほら」

「ならぬ」

「だったら無理にでも寝かせるよ」

「どのようにだ。わたし自身に眠る気がなければ、いかんともしがたいだろう？」

なぜか得意げである。袖《そで》を強く引っ張っても、びくともしない。

ならば、と綾芽は大きく息を吐いた。

「わかった。あなたがそういうつもりなら、わたしにも考えがあるからな」

「ほう、どのようなな」

と余裕をかましている二藍の前で、畳の上にころりと転がり瞼《まぶた》をとじる。

「……なにをしている」

「見ればわかるだろう、寝るんだ」

「お前がか」

「そう。わたしが寝てしまえば、あなたは手持ち無沙汰《ぶさた》だ。結局一緒に横になるしかないだろう？」

ふたりで過ごしたいからこそ二藍が我慢しているのなら、我慢したって意味がないようにすればいい。

「……わたしは休まぬからな」

「構わないよ。あなたがどうしようとわたしは寝るから」

「寝こけた顔をひたすら眺められてもよいのか？」

「どうぞ。好きなだけ眺めてくれ」

実際は恥ずかしくて仕方なかったが、なんでもないように答えた。

大丈夫だ、綾芽がこうして目をつむっていれば、二藍もそのうち諦《あきら》めて身を横たえる。そしてすぐに眠ってしまう。つまりは実際、寝顔を眺められてしまうのは二藍のほうだ。

綾芽自身は別に眠くはないのだから、二藍が眠りに落ちたのを見計らって起きあがればいい。そして二藍の寝顔をたっぷりと愛《め》でよう。

そう考えたら、なんだか楽しみになってきた。

「とにかくわたしは寝るよ。思えばわたしも、なんだかんだで忙しかったからな」

背を向けると、二藍はすこし笑ったようだった。

「そうだな。ゆっくりと身を休めるとよい」

日差しのぬくもりが、瞬く間に綾芽を包みこんでいった。

*

「……なんとも心地よさそうだな」

かすかな寝息をたてている綾芽の横顔を、二藍は笑みを浮かべて眺めていた。

綾芽は二藍を眠らせようとしていたようだが、結局その企《くわだ》ては失敗した。このやさしい娘は横になるや、すぐにすやすやと寝入ってしまったのである。

「それだけお前も疲れているのだろう？」

いつのまにか驚くほどに上達した綾芽の書をとる。綾芽は字を習うのが遅かったから、まさかここまで美しい字を書けるようになると当初は思いもしなかった。だがさまざまな苦難を乗り越えた今なら、当然の上達だと納得する。綾芽はいつでも懸命だ。必ず最善を尽くす。成し遂《と》げようとする。

「お前は努力を惜しまぬからな。神招きの務めも、妃《きさき》としての役目にも、手習いですらけっして手を抜かぬ」

そんな綾芽が眩《まぶ》しくて、無理をしないかと案じている。

そして愛《いと》おしい。この強く美しい娘が一途《いちず》に己《おのれ》を慕《した》ってくれていることが、どうしようもなく喜ばしい。

眠る頬にかかった髪をそっと払う。吐息《といき》に合わせて睫毛《まつげ》のさきがわずかに揺れる。

誰もがはっと息を呑むあの瞳は、束《つか》の間の憩いを得ている。

綾芽は安心しきって、安らかに眠っている。

「まったく、わたしの気も知らずに」

二藍は苦笑して身をかがめた。

綾芽の隣に横たわり、心満たされ目をとじた。

＊

（……しまった）

茜色《あかねいろ》に染まった空が視界いっぱいに飛びこんできて、綾芽は青くなった。二藍を寝かせるために狸《たぬき》寝入りを決めこむはずが、知らぬ間に自分のほうが寝こけてしまったらしい。

とんでもない失態だ。二藍は宣言どおり、綾芽の寝顔をじっくりと観察したのだろうか。

恥ずかしすぎる。いや待て、そもそも二藍はどこに――と首を巡らせ目をみはった。

二藍はすぐそばにいた。

綾芽の肩に額《ひたい》を押しつけるようにして眠っていた。

目を瞬《またた》かせていた綾芽の頬に、ゆっくりと笑みがのぼっていく。

「……そっか、よかった。あなたも眠れたんだな」

眠りを邪魔しないように身を起こし、窮屈《きゅうくつ》そうに縮まっている二藍の身体をそうっと畳の中央に転がした。二藍はすこしばかり身じろいだものの、眠り続けている。静かな吐息はゆったりと深い。

綾芽は二藍の頬にかかった髪を払い、寝顔に見入った。

二藍は怜悧《れいり》な瞳をしているから、こうして瞼《まぶた》がとじていると、目覚めているときより数段あどけなく見える。だからこそ綾芽はいつも、幼い二藍の苦難の道のりに思いを馳《は》せてしまう。どれだけつらかっただろう。胸が締めつけられてたまらなくなる。

「だけど、もう終わったんだよ」

この穏やかな日々を繰りかえすうちに、苦しみがわずかばかりでも癒《い》えるといい。

それにしても、と綾芽は忍び笑いを漏《も》らした。

このひとは目覚めたとき、ずっと見つめられていたと知ったらどんな顔をするだろう。

それがすこしおかしくて、楽しみだ。

拾遺三　笑みを贈る

いつとも知れぬある日の話である。夏の終わりの日差しが、簀子縁《すのこえん》をゆるやかに照らしていた。その日だまりに座りこんで短刀の手入れをしていた綾芽《あやめ》は、隣で巻子《かんす》を眺めている二藍《ふたあい》へ思いきって切りだした。

「なあ二藍、なにかほしいものってないか？」

二藍は穏やかなしぐさで顔をあげ、おかしそうに首を傾ける。

「どうしたのだ、急に」

「どうしたってわけじゃないけど……ほらわたしって、あなたにもらってばかりだろう？ 美しい装束《しょうぞく》に立派な室《へや》、この短刀だって」

と綾芽は得物《えもの》を持ちあげる。美しい拵《こしら》えの短刀は、絆《きずな》の証《あかし》として二藍に贈られた品だ。

「物だけじゃない。読み書きを根気強く教えてくれたのも、なぜ斎庭《ゆにわ》に神を招きもてなすかを一から説いてくれたのも、全部あなたじゃないか。たまにはお返しがしたいんだよ」

綾芽がこの斎庭で、神という名の恐ろしい災厄《さいやく》に幾度となく立ち向かえたのも、ありがたくも春宮妃《はるのみやひ》なる重い地位を賜《たまわ》っているのも、すべては二藍のおかげだった。兜坂国《とさかのくに》の王族である二藍が、北の小邦《しょうこく》からのぼってきたなにも知らぬ綾芽を見いだし、物事を教え、隣に立つ者として請《こ》うてくれたからこそ今がある。

その幸運を日々噛みしめる一方で、しかしふと、これでいいのかと思うときがある。あまりに綾芽ばかりがもらいすぎている気がする。綾芽だって、綾芽なりになにかしら、二藍に贈り物をするべきではないのか。

しかし二藍は「なにを言う」と一笑《いっしょう》に付《ふ》した。

「むしろわたしこそ、お前に与えられてばかりではないか。人ならざる難儀な身の上のわたしの、友であり妻であってくれる。それ以上の贈り物などあるものか」

あまりに軽やかに言われたので、綾芽は一瞬言葉につまる。それから口を尖《とが》らせた。

「そういう話じゃないんだよ」

確かに二藍は難儀な身の上である。

神でも人でもなく、そのあいだを揺らぐ者――神ゆらぎとして生を享《う》けてから、長く忌《い》まれて生きてきた。誰にも信頼されず、誰も信頼していなかった。

そんな二藍を信じ、一生そばにいると綾芽が決めたのは、同情ゆえでもなんでもない。

綾芽がこの男を心から慕《した》っていて、ともにいたいと思っているからだ。これは綾芽自身の願望の話で、贈り物とは違うのである。

「わたしが言ってる贈り物っていうのは、もっとこう、はいどうぞって渡せるものなんだ。物でもふるまいでもなんでもいいけど、あなたがちょっと驚いて、それから喜んでくれるような」

綺羅《きら》の錦《にしき》や、心の籠《こ》もった歌や、美しい管弦の音《ね》のような。

なるほど、と相づちを打った二藍は、やはり笑うばかりだった。

「ならば健《すこ》やかで、幸せで、末永くわたしのそばにいてくれ。それで満足だ」

「だからそういう話じゃ――」

ない、と言いたかったが、楽しそうに肩を引き寄せられたので話はしまいになった。


とにかく二藍は、改めての贈り物などいらないという。しかし綾芽は簡単に諦《あきら》めるつもりもなかった。二藍が教えてくれないのなら、別の策をとるまでだ。

（あの御方に尋《たず》ねてみよう）

威厳と情の深さを兼ね備えた、二藍の義姉《あね》に。

さいわい幾日も経《た》たないうちに参上の機会があって、いつもどおりあでやかな祭礼装束をまとい繧繝縁《うんげんべり》の畳に座した鮎名《あゆな》に、綾芽はさっそく尋ねてみた。二藍さまを喜ばせる贈り物に、お心当たりはございませんか——と。

しかし耳にするや、鮎名は笑いを噛みころして脇息《きょうそく》に肘《ひじ》をつく。

「二藍に贈り物？　そんなもの、改めて用意する必要などないだろう。お前はすでに、あの男が一生かかっても返しきれないほどの真心を贈っているではないか」

「ありがたきお言葉……なのですが」二藍と同じような返答をされて綾芽は困った。「わたしは、真心とは別のものを贈りたいのです。うまく説明できないのですけれど」

真心なんていくらでも贈る。いらないと言われたところで贈り続ける。なにがあろうとそばにいる。

だが綾芽も、そうではないなにかを贈ってみたいのだ。

二藍が文字を教えてくれると言ったとき、周りの景色が輝いて見えた。美しい短刀を絆の証だと手渡されたあの日から、何度握りしめて心を奮《ふる》いたたせてきたか。

そういう支えとなる物や思い出を、綾芽も二藍に贈りたい。贈り物を目にした二藍の麗《うるわ》しいかんばせにはっと驚きがのぼり、喜びにほころぶところが見たい。

言葉を探す綾芽に、まあ、と鮎名は目を細めた。

「お前の言いたいことはわからなくもないよ」

「……まことですか」

「それはもう。わたしだって、この国を統《す》べる御方の妃《きさき》だからな」

だからこそ、と鮎名は言いそえる。「王族である二藍を生半可《なまはんか》な品で喜ばせるのは、相当に難しいと忠告しておこう。物を贈るのはすっぱり諦めることだな」

綾芽は幾度か瞬《まばた》いて、肩を落とした。

「そうですか……」

鮎名が言うなら間違いないのだろう。そうか、やはり難しいか。わかってはいたが。

「そう落ちこむな。そのうちよき案も浮かぶかもしれない。とりあえずいったんその儀は置いて、気を取り直して神招きの話でもしよう。ひとつ引き受けてほしい役目がある」

「……どのようなものでしょう」

綾芽が顔をあげると、それではと鮎名は文箱《ふばこ》を引き寄せた。中には巻子が入っている。それを繙《ひもと》きながら口をひらく。

「近頃、西の空に帚星《ほうきぼし》が見えるのを知っているか？」

「はい」

「ではあれについて、民《たみ》がどのように噂しているかも聞いているな」

綾芽はうなずいた。

「凶兆として恐れられているそうですね」

ここのところ西の夜空には、箒《ほうき》で掃いたように長く尾を引く星がはっきりと見える。帚星――彗星《すいせい》である。

その姿に都の民はひどく怯《おび》えているという。あれほどはっきりと帚星が都の上空を横切っているのは、国の滅ぶ前触れに違いない、と。

そして実を言えば綾芽自身、気が気ではなかった。

「民の見立てはまことでしょうか。あの帚星は本当に、この国に凶事が差し迫っている証なのでしょうか」

兜坂国は常に破滅と隣り合わせだ。今まで幾度も滅亡の憂《う》き目に直面し、綾芽や二藍、斎庭《ゆにわ》のみなみなの必死の努力で切り抜けてきた。これからだって抗《あらが》い続けるだろう。

だがもし帚星が本当に凶兆であるのなら、とも考えてしまう。奮闘報《むく》われず、とうとう兜坂国は滅ぶのか。綾芽は、国も大切なひとも守れぬままに終わるのか。そういう残酷な行く末を、あの星は告げに来たのか。

しかし鮎名は、綾芽の不安を笑って退《しりぞ》けた。

「お前もまだまだだな。空の彼方《かなた》を巡る帚星が凶事を運び来るなど、まったくの迷信に決まっているだろう」

「……迷信なのですか？」

「断言してもいい」鮎名は余裕たっぷりに頬杖《ほおづえ》をつく。「あれはただそこにあるもの。我らにはなんの災厄も及ぼさない。我ら斎庭は、そういう質《たち》のものだと知っている」

鮎名の断言には、もちろん根拠があった。神から人の利を得るには、まず神を識《し》らねばならない。それで斎庭ではさまざまな自然のふるまいを詳細に記録している。それによれば、件《くだん》の帚星はいっさい兜坂国に害をなすものではない。数十年に一度、必ずこの地を訪《おとな》い去ってゆくものであり、『凶兆』なる見立ては、民草のあいだに蔓延《はびこ》る迷信にすぎない。

とはいえ、と鮎名は一の妃らしい、民の気持ちに寄り添った意見も述べた。

「民があの星を恐れる心もわかるし、迷信だからと放っておいてよいものでもない。それでは我らがここにいる意味もないだろう？」

確かにそのとおりだ。斎庭が神を招きもてなすのは、神を畏怖し、あがめ奉《たてまつ》るためではない。あくまで人のために、神なるものからどうにか利を引きだすのが役目だ。

「では民を安堵《あんど》させるため、斎庭に帚星の神を招き、鎮《しず》めるのですか」

帚星の神を斎庭に招き寄せ、なんらかの手を用いて空から一刻も早く退《ど》かせるのか。そうすれば凶兆は失《う》せて、民は安堵する。

「そうしたいのはやまやまだがな。残念ながら帚星の神はあまりにも遠くにおわすから、招き寄せられない。帚星に人から働きかけられることはなにもない。おのずから去るのを待つしかない」

もっとも、と鮎名はすぐに言葉を継いだ。

「落胆する必要はいっさいない。別の策を考えてあるからな」

言いながら、手にした巻子を思わせぶりに広げる。どうやら『別の策』の正体が描かれているようだ。いったいなんだろうと覗《のぞ》きこんで、綾芽は息を呑んだ。

そこには七色に輝く羽を大きく広げた、見たこともない麗しき鳥の姿が描かれていた。

「これは……」

「虹神《にじがみ》だよ。空を舞い、七色の虹を架けてゆかれる神のお姿だ」

「虹神……」

「一目見て神とわかる、力強くも儚《はかな》い姿だろう？　まるで伝説に謳《うた》われる、瑞兆《ずいちょう》を運び来《きた》る鳥のような。だからわたしは、この神を利用することにした」

利用。

その一言を聞いたとたん、綾芽は鮎名の意図に気がついて、はっと顔をあげた。

「まさかこの虹神を民に見せて、瑞鳥《ずいちょう》が現れたと信じこませるおつもりですか？」

鮎名は神招きをもって、この美しい鳥の姿をした神を都の上に飛ばす――つまり都の上空に虹を架けるつもりなのだ。そうして民の目に、虹神の姿を晒《さら》そうとしている。

輝く鳥が空に虹を架けてゆく姿を目にした民は、こう考えるはずだ。

遠き空に現れた凶兆に、瑞兆が取って代わった。

凶事は霞《かす》み、吉事がはっきりと国へ舞いこんだのだ、と。

「そのとおり」

と満足げに口の端《は》を持ちあげた斎庭の主《あるじ》に、綾芽は舌を巻いた。

彗星と虹。どちらもただそこにあるもので、災厄も果報ももたらさない。しかし民のあいだでは、彗星は凶兆だと思われていて、虹神の姿は瑞鳥とみなされる。特別な意味を担《にな》っている。

だからこそ鮎名はその意味を利用して、民の心を慰撫《いぶ》しようとしている。神を招くことをもって人の利を得ようとしている。

そういうことか。さすがは鮎名だ。ならば。

「ぜひわたしにもお手伝いさせてください！」

勢いこんで身を乗りだすと、鮎名は巻子を手に微笑んだ。

「無論そのつもりだ。なんせ虹神の祭祀《さいし》には人手がいる。まず虹神を求む方角へ飛ばす準備として、雨神と晴れ神を招かねばならない。そしていよいよわたしが虹神を招いたあと、いざ虹を架けるというときには、地で羽を休められている虹神を空に放つ者が必要だ」

「そのお役目を、お任せいただけるのですね」

虹が架かる方角は、雨と日輪の位置で決まるという。だからまずは都のほうへ飛んでくれるよう、雨を計算どおりの方角に降らせる。そのうえで鮎名が虹神を招く。最後に綾芽が、招かれ斎庭《ゆにわ》に降りたった虹神に、飛びたって虹を架けていただくようお願い申しあげるという手はずだ。

「民の心を平らかにするための祭礼だ。大君の一の妃たるわたしと、春宮妃であるお前が担うべきものだろう?」

「仰《おお》せのとおりです」と綾芽は背を正してうなずいた。

自然と身に力が入る。そうだ、これはこの国を背負うふたりの隣に立つ者である鮎名と綾芽が、民のために成すべき祭礼、架けるべき虹なのだ。

「そう肩肘張らずともよいよ」と鮎名はすこし笑った。「とにかくお前はまず、一日のうちのどの時分に虹神に飛んでいただくのか、それを熟慮して決めてくれ」

「わたしが時刻を選んでよいのですか?」

「よいよ。慣例では昼に飛んでいただくものだが、こたびはそれには囚《とら》われない。虹神は丸一日は斎庭にいらっしゃるようにするから、そのあいだならいつでもいい」

だから、と鮎名は思わせぶりに笑みを深めた。

「ここぞという、よき刻《とき》を選んでくれ」

＊

「虹を利用して民の不安を取りのぞくなんてな。さすがは斎庭の知恵だ、すごいよ」

鮎名のもとから戻った綾芽はいたく感心していた。

そうだな、と二藍は相づちを打ちながら、綾芽の明るい横顔を眺める。こうして目を輝かせて祭礼の話をしているこの娘を見るのが好きだった。いたく満たされる。この瞬間だけは、もうなにもいらないと感じられる。

もっとも次の瞬間にはまだ足りぬと考えていて、そんな己《おのれ》に呆れてしまうのだが。

「それでお前はどんな役目をいただいたのだ」

「虹神に、飛んでくださいって頼むお役目だよ。春宮妃として民を安堵させる大役だ」

「よき役目だな。立派に果たしてくれ」

もちろん、と綾芽は嬉しそうにうなずいて、二藍を見あげた。

「虹神のところには、あなたも一緒に来てくれるだろう？」

当然同行してくれると疑いもしないまっすぐな目に、二藍は苦笑した。確かに綾芽と二藍は、どんなときも背中を預け合って神と対峙《たいじ》してきた。ならば今回だって一緒だろうと考えるのは当然だ。

だが。

「残念だが、こたびはゆけぬよ」

「え、なぜだ」

眉を寄せる綾芽を、二藍は穏やかに諭《さと》す。なぜか。それは単純な道理だ。

「わたしが神ゆらぎだからだ」

神ゆらぎ。人ではない、けっして人として生きられない、忌むべき身の上。

「虹が架かるには条件がある。向こうの空で雨が降り、かつこちらの空に日輪が輝いていねばならぬ。であるから、虹神は昼に飛ばすのが慣例だ」

「……慣例どおりに昼に飛ばそうとすると、あなたは一緒にゆけないのか？」

「虹神は鳥の姿をされているだろう。鳥とは驚くほど目がよいものだ。ゆえに虹神は、神ゆらぎたるわたしがすこしでも近づこうなら、この身に澱《よど》む神気《しんき》を見抜く。兜坂の神は神気を嫌うだろう？　嫌うものがそばにあれば、けっして飛んでくださらぬ」

「どうしてもか。わたしが『飛んでくれ』と心からお願い申しあげても」

「お前の力ですら叶《かな》わぬだろうよ」

希有《けう》なる力と心根を持ったこの娘でさえ、虹神を飛ばすことはできない。

「ゆえに――」

ひとりで頑張ってきてほしい、と伝えようとした二藍は、ふと言葉をとめた。

納得がいかない表情をしていた綾芽は、いつのまにか満面の笑みを浮かべている。

「……どうした」

困惑《こんわく》して問うも、綾芽は「なんでもない」とにこにこするばかりだった。


数日後、さっそく虹神を呼ぶ祭礼が執《と》り行われることとなった。

結局笑みのわけを明かさないまま鮎名の御殿《ごてん》に向かった綾芽を見送って、二藍は己の居《きょ》所《しょ》に引き籠《こ》もった。念には念を入れて、すべての戸という戸をとじきって、ただただ座して物思いにふける。この身が虹神を刺激してしまっては、せっかくの祭礼が失敗してしまう。足手まといにだけはなりたくないのだ。

刻は静かに過ぎてゆく。いつしか高燈台《たかとうだい》にさした油が尽きかけて、灯火がふらりと揺れる。その気配に二藍は目をひらいた。もう夜も更《ふ》けた時分か。綾芽は無事虹神を飛ばせただろうか。いや、案じる必要など微塵《みじん》もないのはわかっている。あの娘はどんなときも、必ず成し遂《と》げてきたではないか。

だが。

しまいこんでいた悔しさが胸の底から滲《にじ》んだ。綾芽が成し遂げると疑っていない。だができるのならば、その場に居合わせたかった。ともに神と対峙して、できる限りの手助けをしたかった。

そして、どんな強大な神にも臆することなく立ち向かう、あの美しい姿をこの目に焼きつけたかった。

再び灯火が揺れる。

──などと考えても詮無《せんな》いことだ。

諦めの悪い己を笑って、扇《おうぎ》をひらいたときだった。

ついに油が尽きて、ふっと火が消える。そうしてはじめて二藍は、室《へや》がまったくの暗闇ではないと気がついた。

背後のどこからか、かすかな光がさしこんでいる。

はたとして振り返れば、遣戸《やりど》がほんのわずかにひらいていた。糸のように細い、やわらかな白き光が、まっすぐに二藍の足元へと伸びている。

なぜだろう。間違いなくとじきっていたはずだから、誰かが外からあけたのか。暗闇に目を凝《こ》らす。一筋の白光《びやつこう》。望月《もちづき》の光か、それにしてはいやに眩《まぶ》しく――と考えた刹那《せつな》、二藍はその正体を唐突に悟った。

まさか。

はじかれたように光のもとに駆け寄り膝《ひざ》をつく。隙間《すきま》から外の光景を垣間《かいま》見る。

同時に光のさすほうから、力強い娘の声が響き渡った。

「朱野《あけの》の綾芽が、畏《おそ》れかしこみ申し奉ります。虹神よ、白銀の身のうちに七色の光をまとわれた麗しき神よ。どうかその翼を広げ、この望月の夜空へ旅立たれよ！」

二藍は目をみはった。

満月に照らされた白砂《しろすな》の庭に、淡く輝く、人の身ほどに大きな鳥が羽を休めている。

その面前で、目もあやな装束に身を包んで祭文《さいもん》を捧《ささ》げているのは、二藍の妻にして友。

綾芽だった。

＊

耿々《こうこう》と輝く瑞鳥の姿の神は、つんとそっぽを向いている。一向に羽をひらく様子はない。

しかし綾芽は諦めず、いっそう力を入れて呼びかけた。

「虹神よ、どうか我が願いを聞き届け、空に舞いあがられよ！」

呼びかけながら思う。二藍はわたしの意図に気がついてくれただろうか。きっと気がついたはずだ、賢く聡《さと》いひとだから。

——虹神は神ゆらぎを嫌う。

だから一緒にはゆけないと二藍は言った。寂《さび》しそうに目を伏せ笑っていた。

そんな顔をさせたくなくて、どうにかできないかと歯がゆく思って、そのとき気がついた。綾芽にこの祭礼を預けた鮎名の、もうひとつの意図に。

そうだ。鳥の姿の虹神は、明るいところではたいそう目がよい。目がよいからこそ、神ゆらぎである二藍の存在に気づいてしまい、飛んでくれなくなってしまう。

だが夜ならば？

（鳥とは夜目が利《き》かないものだ）

夜ならば、虹神は二藍にまとわりついた神気を見通せない。神ゆらぎである二藍がそばにいたところで、気がつかずに飛びたってくれる。

最初から鮎名はわかっていたのだ。

だから慣例では昼である虹神を飛ばす時刻を、『いつでもいい』と綾芽に委《ゆだ》ねてくれた。

綾芽に、二藍に贈り物をする機会を与えてくれた。この美しい大鳥にすら嫌われる孤独な二藍に、とっておきの贈り物をできるよう、ことを運んでくれた。

ならば。

挑むしかない。

「虹神よ！」

白銀の虹の鳥は、いまだ翼を広げようとはしない。綾芽は声を張りあげる。

月には日輪ほどの力はないから、夜に虹をかけるのは、昼より数段難しいという。

だが、できないわけではない。

それに言い換えれば、夜の虹とは常の虹より輪をかけて貴重なものだ。ゆえにその姿を目にした民はこう思う。この吉兆は特別尊きもの。彗星の凶兆を消してもなお余りある幸運をこの国に運ぶもの——。

（飛ばさなきゃならない）

白き鳥から目を逸《そ》らさず、祭文を捧げる。捧げ続ける。

「虹神よ、どうか我らのまえに、その真の姿を示されよ。夜を駆ける幻の如《ごと》き光の橋を、この兜坂の都に架けられよ」

飛ばすのだ、民のため、自分のため、大切な人のため。

綾芽は拳を握り、さらに声を張りあげた。

「虹神よ、羽を広げられよ、舞いあがられよ、飛ばれよ、放たれよ！」

叫ぶように告げたとき、つと虹神の嘴《くちばし》が天を向き、斎庭《ゆにわ》の南に広がる都の方角を指した。

と思ったときには、虹神はすっくと立ちあがっていた。二本の足を踏みしめ胸を張った。

白銀の翼がゆっくりとひらいてゆく。

薄《すすき》の穂のような長い尾が、ふわりと揺れる。

綾芽は目を大きくひらいた。ひとの背ほどもある巨大な鳥は、いまや両の翼をめいっぱいに広げている。輝くその姿を、惜しげもなく晒している。

そうして一気に、飛びたった。

飛びたって、夜空に白く滲む、夢幻のような虹の橋を描いていった。


しばし夜の虹に見とれていたその背に、やわらかな声がかかる。

「綾芽」

綾芽ははっと振り向いた。遣戸がおおきくひらいている。そのまえに、綾芽の大事な人が立っている。

微笑み、庭へとおりてくる。

その表情を見たとたん、綾芽の顔もほころんだ。そう、この顔が見たかった。綾芽にとってのなにより嬉しい贈り物。
笑みを広げて駆け寄っていった。

補遺

宴《うたげ》が終わり、夜更《よふ》けに牛車《ぎっしゃ》に揺られて館へ戻る道すがら、

「楽しかったな」

と名残《なごり》を惜しんだ綾芽のつぶやきを耳にして、二藍《ふたあい》は少々気に入らないような顔をした。

「なんだ、あなたはつまらなかったのか？」

「そういうわけではない。ただ、お前は身体がつらかったのではと思ってな。こんな夜更けまで、まだまだ本調子ではない我が妻を引き留《と》めて、左大臣《さだいじん》はなにを考えているのか」

むくれるような言い方に、綾芽はさすがに噴きだした。

「大丈夫だよ。充分休ませてもらったから、もうぴんぴんしてる」

号令神《ごうれいしん》を退《しりぞ》けてから一年ほど、綾芽は死んだように眠っていて、先日ようやく目が覚めたところだった。死んだようにというか、ほとんど死んでいたようなものだったから、確かに目覚めたばかりはすぐふらふらするし、食事もなかなか喉《のど》を通らなかったのだが、佐《さ》

智《ち》がかいがいしく世話を焼いてくれるわ、張りきった須佐《すさ》が食べきれないほど料理を用意してくれるわで至れり尽くせりだったので、ほどなく回復した。それに、晴れて宿願を果たし人になった二藍がずっとそばにいてくれたから、気持ちのほうは最初から、まったく問題なく元気いっぱいだったのだ。

だがみながもっと寝ていろ、休んでいろと口を酸っぱくして言うから、結局申し訳ないほどのんびりさせてもらってしまった。

「妃宮《きさきみや》なんてご出産でたいへんだったのに、わたしのほうがゆっくりしてしまって。なんだか後ろめたかったよ。本当だったらご出産のまえに参上して、身の回りのことをたくさんお助けしてさしあげたかったのに」

「あちらにも世話焼きが幾人もついているから案じることはない。それにこれから、いくらでも助けてさしあげればよいだろう」

「御子の世話をお任せくださるかな？」

「大君《おおきみ》も妃宮も大歓迎に違いない。赤子の世話の人手など、多ければ多いほうがよいのだ。それにあのおふたりの御子だ、たいそう活発で手を焼くぞ」

「そうかもな」

綾芽は今日はじめて会った御子の愛らしさを思い出して頰を緩《ゆる》めた。ふたりに似た、目のぱっちりとした男児で、たいそう溌剌《はつらつ》とした御方になられるだろうと誰もが言う。『我らの子ならば当然であろう』と大君は至極《しごく》満足げに吾子《あこ》を抱き、鮎名《あゆな》はすこし気恥ずかしそうで、それでいて幸せそうな顔をしていた。

「そもそも」

と二藍は綾芽を引き寄せつつ言った。「お前もそれほどのんびりしていたわけでもなかろう。結局は、ひっきりなしに客人が訪れていたではないか」

「確かに、みんな見舞いに来てくれたな」

と二藍の肩に頭を乗せながら思い出す。

須佐の頬の落ちるようなご馳走をぺろりと平らげられるようになったころから、綾芽が回復してきたと聞きつけた人々が毎日のように見舞いに訪れてくれた。

常子《つねこ》は涙ながらに綾芽を抱きしめてから、近頃の斎庭《ゆにわ》の話をなにからなにまで生真面目《きまじめ》に聞かせてくれたし、高子《たかこ》は「いつまでも寝ている者がおりますか」と呆れつつ、縫い目が驚くほどに美しく揃《そろ》った手製の夜着を贈ってくれた。千古《ちこ》は元気になったら使ってと愛用の弓を譲ってくれて、紡水門《つむぎのみなと》の喜多《きた》も活きのいい海の物と、真白《ましろ》からの文《ふみ》を届けてくれた。

そのうち怨霊も押しかけるようになった。尚《なお》はいつもどおり、にこにこと身を寄せてきて、このあいだなどやわらかな毛並みがあまりに心地よくてふたりで昼寝してしまったし、稲縄《いねただ》も相変わらず皮肉を言いに訪れる。ただこちらはしぶしぶ二藍が相手をしているので、綾芽はふたりを苦笑して見ているのが主《おも》だ。桃夏《ももか》はかたくなに姿を現さないが、高《たか》瀬《せ》の君《きみ》のぶん、二枚の木簡《もっかん》を割って祭壇に捧《ささ》げておいたら次の朝なくなっていたから、ちゃんと『呪いが割られた』という証《あかし》を受けとってはくれたのだろう。

それから八《や》杷《は》島《じま》の人々もやってきた。なかでも鹿青《かせい》からの贈り物を手に訪れた十櫛《とくし》と羅《ら》覇《は》は、元気な綾芽の姿を見るや涙を流して喜んだ。ふたりは綾芽が目覚めるまで肩の荷がおりることがなかったのだろうと考えたら思いきりもらい泣きしてしまって、ちょっと二藍のひんしゅくを買った。そのあとも積もる話が弾《はず》んでしまい、羅覇たちにはかなり夜遅くまでいてもらったので、さらにひんしゅくを買った。

他にも太妃《たいひ》や二《に》の宮《みや》、三《さん》の宮、外庭《とつにわ》の人々、見知った顔も知らない顔も、数え切れない人々が足を運んでくれて、以前よりもたくさんの人々と仲良くなれた気さえしているのだが、二藍は毎日の見舞いの行列を苦々しく思っていたらしい。

「いろんなひとが会いに来てくれて嬉しかったよ。元気をもらえたし」

「それはよかったが……」とまだもの言いたげだ。「だがこれでは、まったく休みにならぬのではないかとわたしは思っていた」

「充分休めたよ」

「今日とて外庭の貴族たちはこれほど遅くまで、寄ってたかってお前に挨拶《あいさつ》したがって」

「わたしにじゃなくて、わたしとあなたにだろう。そりゃわたしたちのお祝いの宴だったんだから、面と向かって言祝《ことほ》いでくださるのは当然じゃないか。ありがたいことだよ」

「わかっているが」

と綾芽の背に回った二藍の腕に力が入る。なるほどな、と綾芽は笑った。

「さてはあなたは、わたしを独り占めできなくて不満だな？」

ふざけて言ったつもりだったが、

「当然不満だ」

と二藍はあっさり肯定した。「だがそれだけでもない」

「わかってるよ、案じてくれてるんだろう？」

それがそもそもおかしくて、綾芽は「大丈夫だよ」と笑って二藍の手に手を重ねた。

ふたり以外の誰にも聞こえないように、耳元でささやく。

「わたしが身も心もどちらも心底元気だって、あなたが誰よりよく知ってるじゃないか」

なにかを言いかけていた二藍の動きがとまる。

と思ったときには、照れたような口づけが降ってきた。

「まあ、そうだな」

「だろう？」

からかうように目を覗《のぞ》きこんでから、綾芽は笑って二藍にもたれかかった。今まで幾度もこうしてふたりで牛車に乗った、そのどのときよりも甘く身を寄せる。もはやふたりを分かつものはない。

「なあ二藍」

物見から覗く月を眺めながら手を握る。満たされる。

「なんだ」

「わたしたち、晴れてまことの夫婦《めおと》になったな」

「そうだな」

「これからも一緒にたくさん神招きをして、いろんなひとと出会ってゆこうな」

二藍は、やさしく握り返してくれた。

「楽しみだな」

「うん、楽しみだな……」

ささめきが、ほのかな月の光に溶けてゆく。

牛車はゆっくりりと、ふたりの館の門をくぐっていった。

【初出一覧】

「神招きの庭」本編　書き下ろし

「拾遺一　黒白と紫」

二〇二一年 冬　集英社オレンジ文庫　創刊7周年フェア掲載

「拾遺二　いつかのまどろみ」

二〇二二年 冬　集英社オレンジ文庫　創刊8周年フェア掲載

「拾遺三　笑みを贈る」

二〇二三年 四月　ｗｅｂマガジンＣｏｂａｌｔ掲載　8巻発売記念短編

「補遺」書き下ろし

※この作品はフィクションです。実在の人物・団体・事件などにはいっさい関係ありません。

集英社オレンジ文庫をお買い上げいただき、ありがとうございます。
ご意見・ご感想をお待ちしております。

● あて先
〒101-8050　東京都千代田区一ツ橋2-5-10
集英社オレンジ文庫編集部 気付
奥乃桜子先生

神招きの庭 9

ものを申して花は咲く

集英社
オレンジ文庫

2024年1月23日　第1刷発行

著　者　奥乃桜子
発行者　今井孝昭
発行所　株式会社集英社
〒101-8050東京都千代田区一ツ橋2-5-10
電話【編集部】03-3230-6352
【読者係】03-3230-6080
【販売部】03-3230-6393（書店専用）
印刷所　大日本印刷株式会社

ISBN 978-4-08-680536-0 C0193